羅生門

Akutagawa Ryūnosuke

林皎碧・譯

芥川龍之介

目次

輯三　一個人

輯四　盡頭

輯一 人性

人如果不自私，就無法活下去。

羅生門

某日黃昏，有一個僕人正在羅生門下躲雨。

寬闊的城門下，除了他之外沒有其他任何人。朱漆處處斑剝的粗大圓柱上，有一隻蟋蟀。羅生門既然是位於朱雀大道[1]上，照理說除了這位男子外，理應還有二、三頭戴市女笠[2]或軟烏禮帽的路人在此躲雨。可是，羅生門下除了男子外，不見其他人影。

怎麼會這樣呢？因為近二、三年來，京都接連發生地震、狂風、大火、飢荒等天災人禍。因此，京城民生凋敝、百業蕭條。據舊誌記載，當時人們甚至敲碎佛像、佛具，把那些塗著朱漆或貼著金銀箔的木頭堆在路邊，充當柴薪販賣。京城已經衰敗到這般地步，羅生門修繕之類的工作，當然沒人管。如此荒廢不堪的羅生門，倒成了狐狸及盜徒的最好棲身處。最後，竟然演變到連那沒人認領的屍體都拖到羅生門來丟棄。因此，日落西山後，這裡散發一種陰森的感覺，誰也不想踏進羅生門附近一步。

另一方面，不知從哪裡飛來一大群烏鴉，聚集在城門上。白天，無數的烏鴉在上空盤旋，繞著城門高聳的鴟尾邊飛翔邊啼叫。尤其當城門的上空被晚霞映成一片通紅，一隻隻的烏鴉如同撒在天空的芝麻般清晰可見，而烏鴉當然是為啄食城門上的死人肉而來。——不過今日，也許天色已晚，看不見任何一隻烏鴉。只有在坍塌的裂縫中長出雜草的石階上，可以看到許多白點斑斑的鴉糞。僕人身著褪色的藏青色襖衣，一屁股坐在七級石階的最上階，一邊撫摩右頰上冒出來的大痤瘡，一邊茫茫然望著雨中的景色。

作者方才提及「僕人正在躲雨」。其實，縱使雨停了，僕人也無處可去。倘若平常的話，他當然是趕緊回主人家去。不過，主人在四、五天前才將他解僱。正如前述，當時京都街町的凋敝不堪。現下連這個長年僱用的僕人也被主人給辭退了，事實上就是這一波民生凋敝的小小餘波罷了。因此，與其說是「僕人正在躲雨」，

1朱雀大道，是京都平安京中央通的南北向大道，羅生門位於其南端。
2市女笠，平安時代中期以後，女性外出時所使用的一種斗笠。

毋寧說是「困在雨中的僕人，無處投身，走投無路」來得適切。而且今天的天氣也深深地影響這個平安朝[3]僕人的Sentimentalisme[4]。從申時開始降落的雨水，至今仍無停歇之勢。因此，僕人無論如何也不得不想一想明天該如何撐過去？——換言之，從剛才茫茫然地聽著朱雀大道上的落雨聲，一邊思索在這走投無路的狀況下，好歹也得想出個辦法來啊！

大雨籠罩羅生門，嘩啦嘩啦的雨聲從遠而近傳過來。天色逐漸昏暗，仰頭一看，只見羅生門頂上斜探出去的屋瓦，支撐著沉甸甸的烏雲。

若想擺脫一籌莫展的困境，哪顧得了要選擇什麼手段呢？假如要顧慮手段的話，那只能在牆角等死或當個餓死殍後，被拖到羅生門上，如一條狗般被丟棄而已。假如不擇手段的話——僕人的思考，始終在同一處低徊圍繞，最後鑽進一個死胡同。無論過多久，所謂的「假如」到最後也還是「假如」。縱使僕人認可不擇手段的念頭，讓這個「假如」達到定奪，當然最後很可能就是「不得不淪為盜賊」。不過，雖然積極肯定這種做法，卻始終提不起如此做的勇氣。

僕人打了個大噴嚏後，無精打采地起站起來。寒冷的向晚，京都已經冷到該點起火爐取暖的時分了。隨著夜幕低垂，寒風在門柱和門柱之間肆虐。停佇在漆紅柱子上的蟋蟀，早已不知去向。

僕人的藏青色襖衣內塞了件黃汗衫，聳起肩膀緊縮著頸子，環視一下城門周圍。他想找一個可以遮風避雨，又可避人耳目，安穩睡一覺的地方，暫且先度過這一晚。這時候，他很幸運地瞄到一個可以通往城門上方，塗著紅漆且相當寬敞的樓梯。他暗忖即使走上去的話，就算上頭有人，反正也是一堆死人罷了。於是，僕人緊握掛在腰間的木柄太刀，抬起穿著草履的腳踏上樓梯的第一階。

不久，通往羅生門上頭的寬敞樓梯中段，有一個男子如貓般蜷著身軀，屏息窺探樓頂上的動靜。從樓上流瀉而下的火光，照在僕人短鬚中露出紅腫化膿痤瘡的臉頰，讓右頰微微泛濕。僕人打從一開始就掉以輕心，認定樓上只有死人。沒想到爬了二、三階樓梯一看，樓上竟有人點著燈火，而且火光好似四處移動。那昏濁的黃色火光搖搖晃晃，照著布滿蜘蛛網的天花板，讓人一看就知道樓上有人。如此的雨夜，膽敢點著燈火在羅生門上，想必非等閒之輩。

3 自桓武天皇遷都平安京的西元七九四年，至源賴朝在鎌倉建立幕府止，大約四百年的時期，稱為平安時代。

4 Sentimentalisme，法文，意謂「感傷主義」。

僕人好似壁虎般躡手躡腳地，總算爬上陡峭樓梯的最高一階。他盡可能低著身子，伸長頸子，小心翼翼往樓內窺探。

樓上果然一如傳聞，凌亂地擱置了好幾具屍體，火光所及範圍比預料還小，看不清楚到底有幾具屍體。不過，朦朧中看得出當中有裸露的屍體，也有穿著衣服的屍體。當然有女人，也有男人混雜在一起。那些屍體，宛如泥塑的人偶般，有的張著嘴巴、有的伸長手臂，七橫八豎地躺在地上。朦朧的燈火照在比較高聳的胸部和肩膀上，使得低平的部位更形暗黑，這些屍體有如啞巴般永遠靜默無語，不禁令人懷疑他們真否曾經是活生生的人。

那些屍體發出的惡臭味，令僕人忍不住摀掩鼻子。但是，下一瞬間，那隻手卻忘記摀住鼻子。因為某種強烈的情緒，幾乎完全奪走男子的嗅覺。

此時，僕人突然看到屍體當中蹲著一個活生生的人。那是一個身著暗茶色衣服，矮小瘦弱，白髮蒼蒼，如猴子般的老嫗。老嫗右手持著點燃的松枝，雙眼睜得大大，正盯著其中一具屍體的臉。那屍體的頭髮很長，估計是女屍。

僕人帶著六分恐懼、四分好奇，幾乎忘記呼吸。借用舊誌作者形容，正是所謂「毛骨悚然」的感覺。接著，老嫗把點燃的松枝插進地板縫隙，雙手伸進方才盯著看的屍體頸子，好像母猴替小猴抓頭蝨般，開始從屍體頭上把長頭髮一根一根拔起來，而頭髮也就順勢脫落。

隨著一根一根被拔起來的頭髮，僕人心中的恐懼逐漸消失。同時，對老嫗的憎惡感也逐漸強烈起來。——不，說是對老嫗，也許有些語病。不如說是對一切惡行的反感，正一點一點逐漸增強。這時候，倘若有人再問僕人，剛剛在羅生門下思考的問題：餓死好，還是當個盜賊好的話，恐怕僕人會毫不猶豫地選擇餓死吧！這個男子的憎惡心，如同老嫗插在地板縫隙的松枝般，燃著熊熊火焰。

僕人當然不知道老嫗為什麼要拔死人的頭髮。因此，理論上他應該無法歸類此事的是非善惡才對。但是對僕人而言，光是在雨夜裡爬上羅生門拔下死人的頭髮，就是無法原諒的罪惡。不用說，僕人早已忘記就在前一刻，自己也曾打算當盜賊。

僕人突然雙腳一使勁，冷不防從樓梯跳上去。他手握木柄太刀，大步走到老嫗面前。老嫗自是大吃一驚。

老嫗看到僕人，宛如驚弓之鳥般跳起來。

「死老太婆，往哪跑？」

老嫗被屍體絆倒，驚慌地爬起來正要逃，僕人擋住她的去路吆喝道。老嫗推開僕人，還是想逃。僕人再次擋住去路。兩人在屍體當中，一言不發地相互扭打。勝負自然立見分曉。僕人抓住老嫗的手臂，硬將她摁倒。那手臂瘦得宛如雞腳般，只剩皮包骨。

「說！妳到底在做什麼？不說的話，叫妳嘗嘗這個！」

僕人推開老嫗，忽然抽出太刀，將白晃晃的刀刃架在她的面前。但是，老嫗悶不吭聲，雙手直打哆嗦，喘得肩膀不斷顫動，眼球像要掉出來般睜得大大，卻倔強得像啞巴不肯開口。僕人見狀，才意識到老嫗的生死，全掌握在自己手中。這種意識竟使先前熾烈燃燒的憎惡感，不知不覺地冷卻下來。只剩下一種圓滿完成工作後的平靜、得意和滿足而已。僕人低頭看著老嫗，聲音放緩溫和地說道：

「我不是官署的差役。只是一個碰巧路過羅生門下的路人。我沒打算要將妳扭送官署。可是，妳要告訴我，這時候在羅生門上做什麼？只要坦白說給我聽就可以了。」

老嫗一聽完，眼睛睜得更大，目不轉睛地盯著僕人看。那紅色的眼眶、銳利的眼光，就像肉食鳥般懾人。她滿臉皺紋，幾乎和鼻子連在一起的嘴唇，好似咀嚼什麼地蠕動。細細的脖子上，看得見尖尖的喉節正在轉動。氣喘吁吁地從喉嚨發出像烏鴉的啼叫聲，傳到僕人耳中。

「拔下這些頭髮、拔下這些頭髮，打算用來做假髮。」

老嫗的答案未免太稀鬆平常，僕人為此感到失望的同時，先前的憎惡感伴著冰冷的輕蔑又湧上心頭。老嫗大概也察覺到他的神情，一手拿著從死人頭上拔下來的頭髮，如蟾蜍般的聲音從嘴巴嘟囔道：

「沒錯，也許拔死人頭髮是件罪惡的事。可是已經躺在這裡的死人，就算被拔個頭髮又有何大不了呢？就像剛才被我拔下頭髮的那個女人，她把蛇切成四等分曬乾後當成魚干，還賣到近衛營。假如不是因為瘟疫死了，現在她也還在幹這種勾當。近衛營的兵士還說好吃，成為他們每天不可或缺的菜餚。我不認為這女人做這種事很可惡，因為不做就得餓死，實在無可奈何。所以我也不認為自己做的事很可惡，同樣地，不做就會餓死，這一樣是無可奈何的事情啊。那麼最能明白此種無奈的這女人，她不會跟我計較啦！」

老嫗說了一段話，大致上的意思是如此。

僕人將太刀收入刀鞘，左手按住刀柄，冷冷地聽老嫗解釋。當然，他一邊以右手搭在紅腫化膿的斗大痤瘡上，一邊聆聽。聽著聽著當中，僕人的心中頓時產生一股勇氣，那是剛才他在羅生門下欠缺的一股勇氣，並且，也是和剛剛衝上樓抓住老嫗時，迥然相反的另一種勇氣。僕人不再困惑於到底是要餓死，還是當盜賊的兩難之間。若以此時他的心境而言，餓死的選擇幾乎不在考慮範圍，早就被摒棄在意識之外。

「當真如此嗎？」

老嫗話一說完，僕人帶著嘲笑的口吻問道。他向前跨了一步，不意伸出搭在痤瘡上的右手，一把抓住老嫗的衣襟，凶狠說道：

「那麼，我扒掉妳的衣服，妳也應該不會恨我。因為我不這樣做，就會餓死。」

僕人很快扒掉老嫗的衣服。一腳將緊緊抱住他的腳不放的老嫗踢倒在屍堆上。五步作三步走到樓梯口。僕人把從老嫗身上扒下來的暗茶色衣服夾在腋下，轉瞬間從陡峭樓梯奔向夜色中。

不久後，彷彿死人般赤裸倒臥在地的老嫗，從屍堆中慢慢起身。老嫗發出像似嘟囔、像似呻吟的聲音，藉著仍在燃燒的火光，爬到樓梯口。她那蒼蒼的短髮倒懸，往羅生門下窺探，外頭只是一片黑漆漆的夜。

僕人已經不知去向。

竹林中

判官審訊樵夫時的供詞

是的。那具屍體確實是我所發現的。今天早上我和往常一樣，要到後山去砍杉木。忽然看見山後的竹林中躺著那具屍體。在什麼地方？就是在距離山科大道約四、五町[1]的地方。竹林中混雜著細小杉樹，是罕有人跡的地方。

屍體穿著一身淺藍綢布外衣，戴著一頂京都風的細紗烏帽，仰躺在地上。雖說胸口只見到一處刀傷，但可能正中要害，所以屍體周圍的竹葉全被流出來的血給染紅了。不，那時候已經不再流血了。看起來傷口也好像已經乾凝。還有一隻大蒼蠅正好停在傷口上，聽到我的腳步聲連理都不理，依然繼續舔食。

1 一町約一〇九・〇九公尺

有沒有看到太刀之類的凶器？不，我什麼都沒看到。倒是一旁杉樹下，掉落一條繩索。除此之外——對了，對了，除了繩索之外，還有一把梳子。屍體的附近，只有這兩件物品而已。不過，周邊的草叢及竹葉，都被踐踏得亂七八糟，可見那男人被殺害前，肯定是經過一番大搏鬥吧！什麼？有沒有看到馬？那地方馬匹根本就進不去。畢竟，馬能夠走的路，遠在隔著那一片竹林的外頭。

判官審訊行腳僧時的供詞

那個已成為屍體的男人，昨天我確實曾經遇過他。昨天的——大概是過午之後吧！地點是從關山前往山科的途中。那個男人跟一個騎在馬上的女人，一起往關山的方向走去。女人的斗笠上垂著遮面紗，所以無法看清楚她的容貌。只看到她穿著一身紫色的衣裳。那匹馬的毛是褐色的——確實是一匹短鬃毛馬吧。您問馬匹有多高嗎？大約四尺四寸左右吧！——都怪我是一個出家人，對這方面的估算並不是很清楚。那個男人——是的，不但帶著太刀，也攜帶弓箭。特別是那一個塗著黑漆的箭筒，裡頭插著二十來根的箭，到現在我還記得很清楚。

那個男人怎會遭遇這般的不幸，實在是作夢也沒想到。人生果真如朝露，也如電光，一點都沒錯。算了，算了。不知該說什麼才好，真是可憐啊！

判官審訊捕快時的供詞

我逮捕的這個男人嗎？他確實就是惡名昭彰，名喚多襄丸的強盜。不過，我逮捕他的時候，他可能是從馬匹上跌落下來吧！正好在栗田口石橋上痛得直呻吟。什麼時辰嗎？大約是昨晚初更的時候。上次我差點抓到他，當時他也是穿著這件藏青色的外衫，配著一把刻有浮雕的太刀。除此之外，就是如您所看到的還有弓箭之類。原來如此呀？那些也就是死者生前所攜帶的物品——那麼，殺人的凶手肯定就是這個多襄丸了。皮弓、黑漆箭筒，還有十七枝鷹毛箭——這些不都是那個男人所攜帶的物品嗎。是的。那匹馬也正如大人所言的褐色短毛馬。他之所以被這畜牲摔落下來，肯定有什麼因果關係吧！那匹馬拖著長韁繩，在石橋前方不遠處，正在啃著路邊的青草。

這個叫多襄丸的傢伙，在出沒京城一帶的盜匪當中，便是以好色出名。去年秋天，在鳥部寺賓頭盧大佛的後山，有一個前去燒香的婦女和丫環被殺害一案，也是這傢伙幹的好事。男子果真是被這傢伙殺害的話，那個騎馬的女人不知到底跑哪裡去了？啊！我實在太多嘴了，還望大人您見諒。

判官審訊老嫗時的供詞

是的。這個被殺害的人，正是小女的丈夫。不過，他不是京城的人，而是若狹國府的武士，名叫金澤武弘，今年二十六歲。他的性情溫和，理應不會與人結怨才對。

我的女兒嗎？小女名叫真砂，今年十九歲。小女是一個不輸給男人，好勝心極強的女子，除了武弘外，不曾有過其他男人。她膚色微黑，是左眼角有痣的小小瓜子臉。

昨天，武弘帶著小女一起動身前往若狹，不料竟發生這般禍事，這到底是前世的什麼因果冤孽啊！如今女婿身亡，可是小女卻下落不明，叫我怎麼不擔心害怕呢？懇求大人，無論如何也請找出小女的下落。最可恨的莫過於那個叫多襄丸的強盜。他不但殺害我女婿，連我女兒……（以下泣不成聲）

*

多襄丸的供詞

那個男人是我殺的。但是，我並沒有殺死女人。那麼，她到哪裡去了呢？我也不知道她到哪裡去了。等一下！無論你們怎麼刑求，不知道的事情還是不知道。我既然已經被逮捕了，我還有什麼好隱瞞的呢？

昨天過午後，我遇見那一對夫婦。那時正好刮起一陣風，突然撩起那女人的長面紗，那短短的一刻，我瞥見女子的容貌——雖然只是驚鴻一瞥，也許正因為這個緣故，我覺得這女子美得好似女菩薩。那一瞬間我動心起念，縱使殺死那個男人，我也要把這女子占為己有。

什麼？殺死一個人並不像你們所想的那樣，對我而言根本不算一回事。反正我要將那女子占為己有，就必須殺死那個男人。不過，我殺人是用腰間配帶的這把太刀。而你們殺人不用刀，光是用權力、用金錢殺人，有時候甚至是假仁假義的一句話就可取人性命。如此殺人不見血，而且還活得冠冕堂皇。——不過，那也是殺人呀！若真要說誰的罪惡深重的話，到底是你們比較罪惡？還是我比較罪惡？那就很難說了。（嘲諷地微笑）

假如能夠不殺死男人，就把女人占為己有，也沒有什麼不可以。對！當時我確實是那樣想的，盡可能不殺死男人，而能將女人搶到手。但是在那條山科大道上，當然不可能動手。因此，我就動腦筋，設法把那對夫妻引到山裡頭去。

這種事倒也不難辦。我先跟他們結伴同行，沿途就對他們說些瞎話，說是山上有一座古墓，我從裡頭挖出了很多古鏡和刀劍，並偷偷把那些寶物埋在山後的竹林裡，不讓人家知道。如果你們想要的話，我想便宜賤賣給你們。——那個男人聽了我的話，不知不覺間就開始心動了。以後——怎樣？欲望這種東西，是不是很可怕呀？不到半個時辰後，那對夫婦就跟我一起，騎著馬往山路走去。

我走到竹林前，告訴他們寶物就埋在那邊，一起去看看吧！那個男人早已利慾熏心，當然毫無異議。可是，那女子連下馬都不肯，說是要在原地等。看到那茂密的竹林，也難怪會這樣說。但坦白說，這正中我下懷，於是我讓女子獨自留下，帶著那個男人走進竹林裡。

剛開始，竹林裡盡是些竹子。走了一陣子，開始有一些稀疏的杉樹。——這裡不正是我動手的好地方嗎？我撥開竹林，煞有其事地說寶物就埋在杉樹下。男人一聽，急忙往有杉樹的地方走去。不久，終於來到竹林較稀疏，只有幾棵杉樹的地方——我走到那裡，出其不意就把他撂倒在地。這男人不愧是佩刀的武士，看來力氣相當大，不過因措手不及被我突擊後，終究無計可施，最後被我綁在一棵杉樹上。繩索嗎？繩索可以說是強盜的隨身寶，誰知道什麼時候得爬牆越院，所以腰間隨身會帶著繩索。怕他大聲嚷叫，我當然就抓了一把竹葉，塞滿他的嘴巴。如此一來，其他就沒什麼好怕了。

我把那個男人收拾妥當後，接著跑去告訴那女子，男人好像得了急病，叫她趕快進去竹林看看。這一招果然成功，當然就不必多說了。女子將頭上的斗笠脫下來，任我牽著手一路走進竹林深處。一到那裡，當她一看見男人被綁在杉樹上——立刻從懷裡拔出一把閃亮亮的小刀。我至今不曾見過性子這般烈的女子。當時假如一個不小心，刀子可能就捅進我的肚子了。不，雖說我閃過那一刀，看她還是拿著刀一直往我這邊亂揮猛刺，難保不會被她刺傷。不過，我可是多襄丸啊！根本無須拔出刀來，三兩下就把她的小刀打落在地。無論多麼凶悍的女人，一旦手無寸鐵也就無可奈何了。最後，我終於如願以償，沒殺死那男人，就把女子占為己有了。

沒殺死那男人。——是的，我原本就沒打算殺死他。可是，當我丟下那個趴在地上哭哭啼啼的女子，想往竹林外逃之夭夭時，那女子卻發瘋似地拖住我的胳臂，斷斷續續地哭喊道：「不是你死，就是我丈夫得死，反正兩個人當中總有一個得死。我無法在兩個男人面前，受到這種屈辱，這比叫我去死還難受。無論結果如何，我只跟活下來的那個人一起走。」——她一邊喘氣一邊說著。那時候，我才猛然下定決心要殺死那個男人。（陰鬱地興奮）

聽我這麼說，你們必定認為我比你們還殘酷吧！那是因為你們沒看到那個女子的容貌。特別是那一瞬間，她那對如熊熊燃燒的眼睛。當我和她四目相接時，暗忖縱使被天打雷劈，我也要娶這女子為妻。娶她為妻——這就是當時我唯一的心願。絕不是像你們所想的那種下流的情欲而已。假如當時只是為了滿足我的情欲而別無所求，我早就一腳把她踢開，一走了之了，那男人也不必以他的血來染紅我的刀。可是當我在昏暗的竹林中，盯著女子臉蛋的剎那，我便覺悟到不殺死那男人，就無法離開那裡。

不過，縱使我要殺死那個男人，也絕不使用卑鄙的手段。我解開他身上的繩索，叫他拿起太刀跟我決鬥。（掉落在杉樹下的那條繩索，就是那時候忘記拿走的。）那男人臉色大變，拔起太刀，一言不發，怒氣沖沖就往我這邊砍過來。——這一場決鬥的結果，不必我多說了吧。我的太刀在第二十三回合時，就貫穿他的胸膛。在第二十三回合——請不要忘記。至今我還是暗暗地佩服他，因為天下之大，

能夠跟我交手超過二十回合以上，只有他一人。（得意地笑）

當我擊倒男子，提起血染的太刀，轉頭往女子的方向一看。這才發現——不知怎麼一回事，那女子已經不見了。我不知道她逃到哪裡去了？在杉樹林裡找了又找。從落在地上的竹葉，也看不到她逃跑的足跡。側耳一聽，只聽到男人快斷氣的喘息聲。

也許當我們正砍殺得難分難解時，她就逃出去找救兵了。——我如此一想，這可是關係到自己的一條命，於是我奪走太刀和弓箭，立刻循著原來那一條山路走出去。在那裡，我看到剛才女子騎的那匹馬，正靜靜地吃著草。之後的事，就不必多費口舌敘述了。不過，在我來到京城前，就已經扔掉那把太刀了。——這就是我的供詞。反正我這顆腦袋，遲早得掛在樗樹上，請判我死刑吧！（昂然的態度）

清水寺某女子的懺悔

當那個穿著藏青色外衫的男人，將我玷汙後，他便轉頭望著被捆綁在一旁的丈夫，嘲諷似地大笑起來。丈夫的心中不知該有多麼難堪啊！可是不管他如何使勁掙扎，身上的繩索卻是愈勒愈緊。我不由得連跑帶爬，往丈夫身旁跑去。不，是準備要跑過去的時候，那男人卻冷不防提起腳把我踢倒在地。這時候，我看到丈夫的眼睛射出一道無法形容的光，簡直不知道如何說才好——直到現在我想起那眼神還是會忍不住發抖。雖然丈夫並沒開口，可是眼神卻已經透露出他的心思了。那不是憤怒，也不是悲哀——那正是對我的一種輕蔑，而又冷漠的眼神呀！相較於那男人猛踹過來的一腳，丈夫輕蔑的眼神對我打擊更大。我忍不住慘叫一聲，就昏厥過去了。

不久，等我甦醒過來時，那個穿著藏青色外衫的男人已不知去向，唯獨丈夫還被綁在杉樹上。我好不容易才從落葉堆中站起來，凝視丈夫的臉龐。然而，他的眼神仍是原來的樣子，絲毫沒有改變。冷漠帶輕蔑中，更見憎惡。我只有感到羞恥、悲哀、憤怒——我不知道該如何訴說當時自己內心的感受才好，我踉蹌地走到丈夫的身邊。

「夫君。事到如今，我已經無法再跟你一起生活了。我已有一死的覺悟，不過——不過，請你也一起死吧！你已經看到我所受到的屈辱，我不能讓你獨自留在世上。」

我費了好大的功夫才說出這些話，可是丈夫卻仍帶著輕蔑的眼神盯著我看。雖然我整顆心都碎了，但還是抑制自己的激動，試著尋找丈夫那把太刀。可能已經被強盜拿走了吧，竹林中別說是太刀了，連弓箭也找不到。幸好那把小刀，掉落在我的腳下。我撿起小刀，再度對丈夫說道：

「那麼，請將這條命交給我，我隨後就跟你一起走！」

丈夫聽到我的話，終於動了動嘴唇。由於他的嘴巴塞滿落葉，當然說不出話來。不過，我一看便立刻明白他的意思。丈夫仍然帶著輕蔑的眼神，意思就是一句：「殺吧！」我幾乎是在恍惚中，拿著小刀往他淺藍綢布衣的胸口，狠狠刺進去。

當時，我幾乎又再度昏厥過去。等我回過神來，環視四周，丈夫依然綁在樹上，已經斷氣了。夕陽透過竹葉間隙撒落進來餘暉，照在他蒼白的臉上。我忍住哭泣，解開屍體上的繩索。於是——於是，我後來怎樣呢？我已經沒有勇氣再說下去了。總之，我提不起去死的勇氣。以小刀刺向自己的咽喉、投身山腳下的池塘，雖然我想過各種死法，但是只要我沒死去，這一切都沒什麼好誇口的吧。（淒涼地笑）像我這般怯弱的人，也許連觀世音菩薩都不肯渡化我吧！我既殺死親夫，又失身於強盜，到底該如何是好呢？到底我……我……（突然痛哭流涕）

亡靈借助巫女之口的供詞

——強盜凌辱我的妻子後，就坐在那裡想盡辦法安慰她。我當然無法開口說話，身體又被捆綁在樹上。其間，我不斷以眼神向妻子示意。千萬不要聽信那個男人的話，他說的全都是謊言——我想傳達的就是這些意思。可是妻子默默坐在落葉上，低頭直盯著自己的膝蓋看。她那樣子像是把強盜的話，全都聽進去了。我不禁妒火中燒。強盜還花言巧語地說：「妳既已失身於我，再不能跟丈夫和好如初。與其跟著他去過那種難堪的生活，不如嫁我為妻還強些。我是真心喜歡妳，才會做出這等事來。」——這膽大包天的狗強盜，竟然說出這樣話來。

聽完強盜的一番說辭後，妻子茫然地抬起頭來，我從來不曾見過這般美麗動人的妻子，可是這美麗動人的妻子，當著被捆綁的丈夫面前，到底如何回答強盜呢？雖然現在我已經來到陰間，可是一想到當時妻子的答話，仍然忍不住怒火中燒。妻子確實是如此答道：「那麼，帶我遠走高飛吧！」（長時間的沉默）

然而，妻子的罪孽不僅如此而已。假使只是這樣的話，我在幽冥的陰間也不至於如此痛苦。當妻子還如夢似幻般讓強盜扶起來，要離開竹林往外走時，突然臉色丕變，指著被捆綁在樹上的我，說道：「拜託殺了他！只要他還活著，我就無法跟你一起過日子。」——妻子像發瘋般不停喊道：「殺了他！」——這話就像一場狂風，至今還能把我整個人吹進遙遠的黑暗深淵。這般可憎的惡毒話，會是從人的嘴巴說出來的嗎？有什麼人曾聽過這般狠毒詛咒的話呢？縱使只是一次也……（突然，發出一陣嘲笑聲）聽到這種話時，連那個強盜也大驚失色了。「殺了他！」——妻子邊如此喊道，邊拖住強盜的胳臂。強盜只是盯著妻子看，並沒回答要殺還是不殺。——就在那一剎那，他一腳把妻子踢倒在落葉上。（又發出嘲笑聲）強盜默默地兩手抱胸，看著我，說道：「對這女人，你打算怎麼處置？殺了她？還是放過她？你只要點頭回答就可以。殺不殺？」——單憑這些話，我已經想饒恕強盜的一切罪惡了。（又一次長時間的沉默）

當我還在猶豫不決時，突然間，妻子大叫一聲，接著往竹林深處逃跑。強盜飛快追了過去，卻好像連她的衣袖都沒抓到。我好像在夢境般，親眼目睹這一切情景。

妻子逃走後，強盜拿起太刀和弓箭，並且割斷我身上的繩索。「現在我也得逃命了！」——當強盜跑出竹林外，不見身影時，我記得他如此嘟囔了一句。然後，四周一片死寂。不，我聽到不知是誰的哭聲。我一邊解開身上的繩索，一邊側耳聆聽。才察覺那哭聲，不正是我自己在哭泣的聲音嗎？（第三次長時間沉默）。

我好不容易才從杉樹下，疲憊不堪地站起來。妻子掉落的小刀就在我跟前閃閃發亮。我撿起來，一刀刺進自己的胸口。我的嘴中湧出一股血腥味。但是，我絲毫不覺得痛苦。只覺得胸口逐漸冰冷，四周更加沉靜。啊！多麼靜寂啊！在這山後竹林的天空，連一隻飛鳴的小鳥也沒有。只有竹子和杉樹的樹梢上，看到一抹寂寥的陽光。這陽光……也漸漸暗淡下來了。——已經看不到杉樹，也看不到竹子了。我就那樣倒臥在地，被沉靜的寂寥緊緊包圍。

這時候，不知是誰躡手躡腳來到我身邊。我向那人看過去，不過四周已是一片漆黑。是誰呢？——這個人用他那隻我看不到的手，輕輕地把小刀從我的胸口拔出來。同時，我的嘴裡又湧出一股血潮。從此，我就永遠沉落在陰間的黑暗中了……

大石內藏助的一天

風和日麗，陽光撒落在緊閉的格子門，那棵嵯峨老梅的樹影，參差不齊映在幾扇格子門上，由右至左如繪畫般清晰。原是淺野內匠頭的家臣，當時被交由細川家看管的大石內藏助良雄，端然盤坐在格子門後方，一直專心閱讀。手上的書，可能是細川家的某位家臣借給他的《三國誌》中的一冊吧！

坐在房間的九人當中，其中片岡源五右衛門起身上茅房。早水藤左衛門到下房去談事，還沒返回。剩下的吉田忠左衛門、原惣右衛門、間瀨久太夫、小野寺十內、堀部彌兵衛、間喜兵衛等六人，彷彿忘了照射在格子門上的光影，有的專心閱讀、有的研判情勢。也許是因為六個人都是年過半百的老人吧，在初春的房間裡，寒颼颼的冷意中一片寂靜。雖然時而有人咳嗽，卻輕得不足以驅走飄在房間內的淡淡墨香。

內藏助忽然把目光從《三國誌》移開，似乎在凝望著遠處，他把手輕輕地放在火盆上烘著。鐵絲網罩住的火盆底下，美麗的火紅熾熱把灰燼照得紅咚咚。此時，內藏助的心中充滿無比安樂的滿足感。這種心情恰似去年臘月十五日，為已故主公復仇後，退隱泉岳寺之時，有感而吟唱「縱使捨身，此樂何極。浮世之月，無雲遮蔽。」當時的心滿意足又油然而生。

自從撤出赤穗城以來，他在近二年的歲月裡，一直在焦慮中費盡心思，策畫復仇計畫。光是要一邊安撫易衝動行事的同黨，不讓他們輕舉妄動，還要等待時機成熟，內藏助所耗費的心神就絕非一般。況且仇家派來的奸細不斷在身邊窺探。他故作放浪形骸，企圖欺瞞奸細的同時，還得化解同志的疑慮，以免誤把自己的放浪行為當真。回想昔日在山科和圓山計謀，當時難言的苦衷不由又湧上心頭。——不過，所幸如今一切都過去了。

若說還有未盡之事，那就是幕府對於一黨四十七人的處置命令尚未下達。不過，這道命令肯定在近期內就會傳來。是的。一切都過去了。那不單只是完成復仇之舉而已。所有一切，幾乎以完全一致的形式完成他對道德上的要求。他不只體會到事業完成後的滿足，同時也體現到實踐道德的滿足。而且，那種滿足，無論從復仇目的來看，還是就手段來思考，良心上沒有絲毫的愧疚或陰影。對他而言，難道還有比這更大的滿足嗎？

馳思至此，內藏助的眉頭舒展，抬頭望去，吉田忠左衛門可能讀書讀累了吧，他把書放在膝上，正比劃手指在練字。內藏助隔著火盆對他說道：

「今天真暖和啊！」

「是啊。連這般坐著，都暖和到快睡著了呢。」

內藏助微微一笑。今年元旦，富森助右衛門三杯屠蘇酒下肚，帶著幾分醉意吟出「今日好心情，便作睡仙也無愧[1]」的句子，不由浮上心頭。這首俳句的意境，與良雄當下心滿意足的心情毫無二致。

「了卻一樁心事後，人果真就鬆懈了。」

「是的。確實有這種感覺。」

忠左衛門拿起手中的菸管，拘謹地吸了一口。菸霧在早春的午後慢慢呼出來，

1原文「今日も春恥しからぬ寝武士かな」，原義為「因為今天是新春，所以武士可以睡午覺」。不過，俳句中的「春（はる）」與「武士（ぶし）」別有含義。「春」應為代表心境爽快之「晴る」，「武士」則意味橫臥的「伏し」或「臥し」。爰此，這首俳句意為「今日好心情，便作睡仙也無愧」。

然後在明亮、靜寂中，化作一縷淡淡青煙消失而去。

「我們還能如此悠閒過日子，真是料想不到啊！」

「是阿。作夢也沒料到，竟然可以再度迎春。」

「看來真是走運啊！」

兩人心滿意足地相視而笑。——此時，良雄背後的格子門，映出一個人影，影子就在格子門被拉開的同時，一起消失了。走進來的是身材魁偉的早水藤左衛門。若不是藤左衛門的出現，想必良雄會一直沉醉在志得意滿的春暖當中吧！不過，隨著藤左衛門滿面通紅露出燦爛笑容，毫不客氣地來到他倆當中，把他們拉回現實。他們當然都尚未察覺到。

「下房好似很熱鬧呀！」

忠左衛門邊說邊又吸了一口菸。

「今天傳右衛門當班，肯定又在談些趣事吧！片岡等人也跑到那裡，一坐就聊得忘我了。」

「怪不得。我還在想他們來晚了。」

忠左衛門被菸嗆到，露出苦笑。而小野寺十內則是不斷振筆直書，不知想起什麼，抬起頭來，旋又將目光落在紙上，起勁地繼續寫。大概是寫信給京都的妻女吧！——內藏助瞇著眼睛，笑道：

「什麼有趣的事啊？」

「沒有。盡談些言不及義的事。剛才，近松聊起甚三郎的事，傳右衛門笑到流眼淚。此外——說來倒是有個有趣的事。自從我們斬殺吉良以來，江戶到處都在流行復仇。」

「喔——那真是想不到啊！」

忠左衛門露出驚訝的神情，看著藤左衛門。一聽此話，藤左衛門不知為何好像非常得意的樣子。

「剛剛也聽到二、三件類似的事件，最可笑就是發生在南八丁堀湊町一帶的事。事件的起因，聽說是附近一家米店老闆和鄰近染坊的匠師在澡堂爭吵。反正為了一點雞毛蒜皮的無聊事，說是誰把水潑到誰。最後米店老闆被染坊的匠師用澡堂水桶狠狠痛打了一頓。於是，米店的小夥計挾恨，傍晚埋伏在暗處等待匠師外出，接著突然往對方肩膀打過去，說什麼要『為主子報仇』……」

藤左衛門邊用手模仿小夥計出拳打人模樣，邊笑道。

「那真是太粗暴了。」

「匠師好像傷得不輕。儘管如此，附近的人都說小夥計做得好，很奇怪吧！另外，通町三丁目也發生一件，新麴町二丁目也一件，還有就是那個叫什麼的地方也發生了一件。總而言之，到處都有類似的事件。聽說那些全是在模仿我們，這不是太好笑了嗎？」

藤左衛門和忠左衛門，兩人相覷而笑。聽到復仇之舉深深影響了江戶人，儘管都是些微不足道的小事，無疑地還是覺得頗暢快。唯有內藏助一個人，把手放在額頭上，默不吭聲，露出興致缺缺的表情。——藤左衛門的一番話，莫名地讓他原本心滿意足的心情蒙上一層陰影。雖說，他當然不認為他得為自己行為的所有結果負起責任。自從他們完成復仇以來，江戶到處都興起一股復仇風潮，那當然和他的良心風馬牛不相及。然而，儘管不相干，他的心已從方才沐浴在春暖當中，轉而感到幾分冷卻。

坦白說，那時的他對於大家所做的事，竟然在料想不到的地方產生影響，只是感到有點驚訝而已。假如是平常的話，他應該也是和藤左衛門、忠左衛門一起一笑置之，可是這件事卻在他心滿意足的情緒中，驀然播下了不快的種子。因為那心滿意足的根底恐怕有悖理之處，對於肯定他們的行為以及一切結果，也是帶有些自顧自的自私成分吧。當然，那時他心中，絲毫沒有這種解剖式的思考。只感到春風中有一股冰冷寒氣，讓人頗不愉快而已。

但是內藏助的不愉快，好像並沒有特別引起其他兩人的注意。是的，率直如藤左衛門，必定單純認定自己感興趣的話題，內藏助也同樣感興趣吧。若非如此，他就不會特地走到下房，把那天當班的細川家的家臣堀內傳右衛門帶過來。凡事認真的他，回頭看著忠左衛門說道：「我去叫傳右衛門來。」話一說完，立刻拉開紙門，輕快地往下房走去。一會兒，他仍是滿臉笑容，得意洋洋把看起來有些粗魯的傳右衛門帶過來了。

「哎呀！如此勞駕，真是不敢當。」

忠左衛門一看到傳右衛門，立刻代替良雄，微笑說道。由於傳右衛門個性樸實又率真，自從住進細川家以來，大家和他一見如故，很快地便建立好交情。

「早水先生一定要我過來，雖然怕打擾大家，還是來向諸位請安。」

傳右衛門一就坐，即挑動粗黑的眉毛，曬得黯黑的臉頰泛出笑容，環視在座眾人說道。因此，無論是閱讀書物的人，還是執筆寫字的人，都一一向他打招呼。內藏助當然也是殷勤頷首致意。不過，其中堀部彌兵衛把正專心閱讀的《太平記》置於眼前，懸掛著眼鏡，好似在打瞌睡，他一聞聲亦趕緊睜開眼睛，連忙慌張摘下眼鏡，客氣地點頭致意的模樣，看來著實滑稽。間喜兵衛看到這種情形，可能覺得太好笑，卻露出強忍不敢笑的痛苦表情，往一旁的屏風方向走去。

「看來傳右衛門先生不喜歡老人，從不來這邊走走。」

內藏助以不同平日的玩笑口吻，如此說道。可能是方才稍被擾亂的那種滿足心情，又在他的心底暖暖流過吧！

「不，並非如此。可是我一被大家留住，不知不覺就聊開了。」

「聽說您講了很有趣的事。」

忠左衛門也在一旁，插話道。

「所謂有趣的事——您是指……」

「就是江戶一帶四處興起一股復仇風潮的事。」

藤左衛門如此說道，邊對著傳右衛門和內藏助笑咪咪地看了一下。

「啊！您說的就是那些事嗎？所謂人心，實在是一件奇妙的事。看來庶民百姓多是感受到諸位的忠義事蹟，所以群起而仿效吧，只是不知道能夠帶動墮落的風俗作多大的改變？那些看都不想看的淨琉璃啦，歌舞伎啦，紛紛大為風行的此時，正是改變它們的好時機。」

對內藏助而言，這些話題正往無趣的方向進行中。因此，他故意以鄭重的語調、謙恭的言詞，打算巧妙地將話題引開。

「謝謝您誇讚我們的忠義。不過，就我個人的想法，首先是感到羞恥。」

他說完話，先是環視在座眾人後，繼續說道：

「為何如此說呢？雖說赤穗藩人數眾多，如您所見，在座多是些位低職卑的人。最初原本還有奧野將監等大總管共商大計，可是他們卻中途變節，退出同盟，實在令人意想不到。此外，新藤源四郎、河村傳兵衛，以及小山源五左衛門等人，職位都在原惣右衛門之上，佐佐小左衛門等人的身分也比吉田忠左衛門高。但是，這些人卻在事到關頭之時，全部變卦了，當中也有在下的親屬。發生如此的事，怎能不先感到羞愧呢？」

當場的氣氛，因為內藏助的一番話，頓由剛才的愉快盎然轉為凝重起來。就此意義而言，說他確實如願轉換話題的方向也無不可。不過，轉換方向後的談話是否能讓內藏助感到愉快，那就另當別論了。

早水藤左衛門一聽完他的述懷，兩手緊握拳頭往自己的膝上蹭了二、三下，說道：

「他們都只是一群畜牲。這些傢伙沒有一個具有真正的武士風範。」

「不錯。高田群兵衛之流，根本比畜牲還惡劣。」

忠左衛門揚起眉，好像要尋求贊同般看著堀部彌兵衛。憤世嫉俗的彌兵衛再也沉不住氣，說道：

「那天早上回來，遇到那傢伙時，就算對他吐口水也難消我心中之恨。無論如何都得讓無恥之徒，在我們之前丟盡顏面才甘心，也方能大快人心。」

「高田那傢伙就別提了。話說，小山田庄左衛門也是一個無可救藥的混蛋。」

間瀨久太夫自言自語說道，原惣右衛門和小野寺十內立刻齊聲開始痛罵背盟之徒。連沉默寡言的間喜兵衛，雖然未開口說話，也頻頻點著白髮蒼蒼的頭，對大夥說法表示贊同。

「不知該如何說是好，雖同屬一藩，尚有如諸位般的忠義之士，也有那種背叛之徒，想來真是不可思議。正因為如此，不用說武士，似乎連庶民百姓也都在辱罵那些尸位素餐的窩囊武士。去年，岡林杢之助之所以切腹自殺，聽說就是因為受到親朋好友的抨擊所致。假如不走上這一步，想想看親屬友人的立場，怎堪為他背負汙名活下去呢？何況外人，對他們的指責必定是有過之而無不及。諸位這種見義勇為的情操，正是激起江戶人一股復仇風潮的主因。況且那群背盟者，從很久以前就激起眾怒，根本就是一群死不足惜的敗類。」

傳右衛門講得好像是自己的事般慷慨激昂，那款氣勢豪情，簡直就像要去擔負斬殺背盟者的大任。如此一煽動，吉田、原、早水、堀部等人都亢奮起來，愈來愈激動，大罵背盟者是亂臣賊子。——其中，唯獨大石內藏助雙手置在膝上，露出莫可奈何的表情，話也漸漸少了，望著火盆發呆。

他發現一個新事實，就是轉換話題的結果，竟然成為批判背盟的故舊，而自己這方則是不斷被稱讚為忠義。與此同時，吹拂在他心底的春風，再次失去幾分溫度。當然，他並不是為了轉換話題，才為背盟者惋惜。實際上，對於他們的變節，內藏助既感到遺憾也有幾分不快。然而，他對於那些不忠的武士，只有憐憫，並無憎恨。因為他早已備嘗人心的向背與世故的流轉，因此就他看來，他們的變節實在是自然不過的行為了。假如容許使用「率真」一詞的話，還真令人覺得他們率真地可憐。因此，他對於那群人所抱持的寬容態度始終沒改變。何況如今復仇已成，對於他們的看法只剩憐憫的一笑罷了。但是現前的世間人，為何認為縱使殺之，猶難解心頭之恨，為何將我等稱為忠義之士，必得稱他們為畜牲呢？我等和他們之間並沒有什麼了不起的差別。——江戶庶民受到的微妙影響，早就使內藏助覺得不快，與此稍有不同的，他又從傳右衛門為代表的言論，看到背盟者遭受的影響。因而，內藏助露出痛苦的神情，絕非偶然。

然而，內藏助的不快，在此之上，注定要更加沉重。

傳右衛門看到他默默無言，推測大概是對方本身的謙虛表現。因此，愈加欽佩他的人格。這位樸直的肥後[2]武士，為表白這種欽佩，硬是將話題一轉，開始盛讚內藏助是如何之忠義。

「過去曾聽一位學問淵博的人提起，唐土有個叫什麼的勇士，為替主公復仇吞炭致啞隱忍。可是，比起像內藏助大人般非本意的自我放縱，那個勇士的苦痛根本不算什麼啊！」

傳右衛門先鋪陳這樣一段開場白，然後就沒完沒了敘述一年前內藏助放浪形骸的種種軼聞。當他在高尾和愛宕山賞紅葉時還要佯裝瘋癲，那是多麼辛酸的事啊！在島原和祇園賞花也一心一意於自己的苦肉計，肯定非常痛苦⋯⋯

「聽說當時京都流行一首『大石輕飄如紙糊，輕舉百般無用處』，就是在取笑大石大人啊！能夠這樣瞞過天下人的耳目，一般泛泛之輩恐怕是辦不到吧！先前天野彌左衛門大人讚嘆您沉著英勇，極為有道理。」

「不。這不算什麼。」內藏助勉強答道。

對傳右衛門而言，內藏助這種謙虛不高傲的態度，讓他稍感不足的同時，也深覺他真是高風亮節。一直仰望著內藏助的他，開始表露心中的感動，打算向小野寺十方內辭去長年在京都的工作，轉來侍奉內藏助。傳右衛門孩子般的熱情洋溢，令同黨中頗獲高知名度的萬事通十內覺得既可笑，又可愛。因此，十內坦率向傳右衛門提起當時內藏助為瞞過仇家密探的耳目，穿著法衣頻頻進出升屋名妓夕霧處所的細節。

「如此不苟言笑的內藏助，竟會寫出那般俚俗的靡靡之音。而且，還頗受好評，花街柳巷到處都聽得到。當時內藏助慣穿一身墨染的法衣，在櫻花凋零，花瓣紛飛中，經常喜孜孜、醉醺醺地在祇園裡遊蕩。那些靡靡之音到處流行，內藏助的

2肥後為舊名。約當現在熊本縣。

浪蕩行為也隨之出名，絲毫不足為怪。無論是夕霧，還是浮橋，這些在島原、撞木町[3]的名妓，一提起內藏助皆紛紛爭相招待。」

內藏助聽到十內提起往事，幾乎有種被侮辱的感覺，暗自苦在心中。同時，昔日放浪形骸的記憶不由地甦醒了。對他而言，那些記憶具有不可思議的鮮艷色彩。在記憶中，他能見長蠟燭的亮光，嗅聞伽羅油的香氣，洞聽三弦琴彈出的加賀節樂曲。不，甚至連剛才十內所說靡靡之音的詞句「淚落袖上成露珠，心中憂愁莫可言，神女生涯如露珠[4]。」，彷彿從春神之宮溜出來的夕霧和浮橋的嬌媚身影，也歷歷在目地浮上心頭。他到底如何大膽地去享受這記憶中的放蕩生活呢？還有在那放蕩生活中，一瞬間他又是如何心神駘蕩而全然忘記復仇一事呢？他之所以自欺地否定這些事實，因為他是一個非常正直的人。雖說這些事實當然是不道德，對於洞悉人性的他而言，連作夢都不敢。因此，盛讚他的放蕩行為都是為實現忠義的手段，讓他感到不愉快和愧疚。

因為內藏助存有心結，對於人家讚美自己是使出苦肉計佯裝瘋癲，無怪乎會面露苦澀。此刻，他意識到心底僅存的和煦春風，已再次受到打擊而風消雲散。最後殘留的只剩下對一切誤解的反感，以及對他本身愚昧到未能預知誤解的反感，因而心裡冰冷的陰影不斷擴大。他的復仇之舉、他的同志，最後連他本身，多半會在這種自以為是的讚賞聲中流傳後世吧。——面對如此不愉快的事實，他的手依然擺在火勢漸漸轉弱的火盆上方，避開傳右衛門的目光，只能悲戚地嘆一口氣。

幾分鐘過後，大石內藏助藉口如廁離席，獨自倚在廊下的柱子，凝望寒梅老樹，花朵燦爛盛開在古意盎然的庭院綠苔和山石間。日色漸薄，修竹葉影早已拉開黃昏帷幕。不過，拉門內大夥依然津津樂道。傳入耳際的笑談聲，令他感到一抹悲情慢慢地將自己整個人包圍起來。伴隨著寒梅的芳香，寒徹心扉的孤寂，這種說不出的孤寂，到底從何而來呢？——內藏助仰望彷彿鑲嵌在青空中的冰冷花朵，一動也不動地靜靜佇立。

3島原、撞木町皆是當時的花街柳巷。

4原文詞句「さすが涙のばらばら袖に、こぼれて袖に、露のよすがのうきつとめ」，是大石內藏助以花街柳巷風塵女的生涯寄託自己的心情而作。

輯二 善惡

我不是厭惡奢華，而是對人性感到厭惡。

杜子春

一

春日，傍晚時分。

大唐都城洛陽的西門之下，一個年輕人正抬頭望著天空發呆。

那年輕人名喚杜子春，本是富家子弟，如今家財蕩盡，成為朝不保暮的可憐人。

提起當時的洛陽，可是天下第一、繁榮至極的都城，大街上車水馬龍，熙來攘往，絡繹不絕。夕陽的餘暉映在城門顯得耀眼燦爛，街上老人頭上所戴的紗帽、婦女耳朵所掛的土耳其金耳環，還有裝飾在白馬上的彩絲轡繩，此般流動不息的情景，宛如繪畫般美麗。

然而，杜子春依然將身子靠在西門牆上，望著天空發呆。晚霞飄浮的天空，似指甲抓痕般的一彎新月淡淡升起。

「天色已晚，肚子又餓，今晚大概也找不到落腳的地方——與其這般過日子，不如投江，一死百了也許還乾脆些。」

杜子春獨自一個人，從剛剛就毫無頭緒地胡思亂想。

這時，不知從哪裡來了一位獨眼老人，突然駐足在他面前。夕陽的照射下，老人長長的影子落在城門上，他目不轉睛盯著杜子春的臉，毫不客氣說道：

「你在想什麼？」

「你在問我嗎？我正苦惱今晚沒地方睡覺，不知該如何是好。」

老人問得唐突，杜子春垂頭喪氣地坦白以告。

「原來如此，那真是可憐。」

老人想了一下後，指著大街上的夕陽，說道：

「我教你一個好辦法。你現在去站在夕陽下，當你的影子落在地上時，半夜去挖掘影子頭部的地方，應該可以挖到滿滿一車的黃金。」

「真的嗎？」

杜子春大吃一驚，抬起頭一看。但奇怪的是，老人已不知去向，四周皆不見他的蹤影。只見天上的月亮越發皎潔，川流不息的大街上，已有二、三隻性急的蝙蝠振翅飛舞。

二

杜子春在一夜之間，成為洛陽的首富。因為他聽從老人的話，半夜悄悄地從影子頭部的地方挖出比一車還多的黃金。

杜子春成為富豪後，立刻買下一座氣派奢華的豪宅，開始過著不輸皇帝老子的奢侈生活。他酣飲蘭陵美酒，大啖桂州龍眼，在庭院種植一天可變化四種顏色的牡丹，飼養數隻珍貴的白孔雀，收集寶玉，穿著綾羅綢緞，還訂做沉香木車和象牙椅，總之，若要詳述他的奢華生活，那真是永遠都說不完。

原本形同陌路的朋友，一聽到他發達後，朝夕都跑來跟著吃喝玩樂，而且人數日益增多。半年後，整個洛陽城內知名的才子、美女，幾乎無人不是杜子春的座上客。杜子春日日與他們飲酒作樂，酒宴之盛大，真是難以名狀。若真要形容，那副景象大概是這樣的，杜子春手持盛滿西洋船來葡萄酒的金杯，觀看天竺魔術師的吞劍表演，身邊環繞二十名絕色佳人，其中十名插著翡翠蓮花髮飾，另外十名則是插著瑪瑙牡丹花髮飾，演奏著曲調輕快的笛子與古箏。

縱使富可敵國，財富總有用盡時，奢華如杜子春，僅只一、二年的揮霍，漸漸有些捉襟見肘。等到他千金散盡後，才了解人心的澆薄。直到昨日，還天天與他稱兄道弟的人，今天路過家門竟然連打個招呼都懶了。第三年春天，杜子春又如從前般一貧如洗。洛陽城之大，竟找不到一處棲身之地。不！別說是棲身之地，連一杯水也沒人願意施捨給他。

某日傍晚，杜子春再度走到洛陽城的西門下，望著天空發呆，一籌莫展。那位獨眼老人一如往昔，不知從何處再次現身了。

「你在想什麼？」老人問道。

杜子春一看到老人，羞愧地低下頭，一時答不出話來。但是老人和上次一般，親切地又問了一遍同樣的問題。杜子春只好誠惶誠恐地像上次般回答：

「我在想今晚沒地方睡覺，不知該如何是好。」

「原來如此。真是太可憐了。我教你一個好辦法。你現在去站在夕陽下，當你的影子落在地上時，半夜去挖掘你影子的胸部地方，應該可以挖到滿滿一車的黃金。」

老人話一說完，彷彿隱入人群，瞬間消失得無影無蹤。

翌日，杜子春又在一夜之間成為洛陽首富，同時，他又再度過起極其奢華的生活。庭院中的牡丹，徜徉其間的白孔雀，來自天竺的吞劍魔術師——所有一切皆如往昔。

因此滿滿一車的黃金，三年之內又全數蕩盡。

三

「你在想什麼？」

獨眼老人第三度出現在杜子春面前，又問他同樣的問題。那時，杜子春當然又是站在洛陽城的西門下，望著晚霞中露出的那彎新月發呆。

「你在問我嗎？我在想今晚沒地方睡覺，不知該如何是好？」

「原來如此，那真是可憐。我教你一個好辦法。你現在去站在夕陽下，當你的影子落在地上時，半夜去挖掘影子肚子的地方，應該可以挖到滿滿一車的……」

老人話才講到這裡，杜子春急忙抬起手，打斷對方的話。

「夠了！我不要錢。」

「不想要錢？哈哈！難道你已經厭倦奢華？」

老人露出疑惑的眼神，目不轉睛看著杜子春。

「不，我不是厭倦奢華，而是對人性感到厭惡。」

杜子春一臉不平，憤怒地說道。

「這就很有趣了。為什麼你對人性感到厭惡呢？」

「天底下的人全是澆薄寡情。當我是富豪時，百般恭維奉承，一旦落魄窮困了，您看！沒人給我好臉色看。想到這些事，縱使我再度成為富豪，又有何用呢？」

老人聽杜子春如此說，忽然哈哈大笑起來。

「原來如此。沒想到你年紀輕輕，就能領悟這些道理。那麼今後你打算過著安貧樂道的生活嗎？」

杜子春躊躇一會兒。斷然抬起頭，看著老人說道：

「現在的我已過不來貧窮的生活了。所以我想拜您為師，修仙學道。請不要隱瞞，您是個道行高深的仙人吧！假如不是仙人，絕對不可能讓我在一夜之間變成天下第一的富豪。請您收我為徒，傳授我神奇的仙術吧！」

老人皺著眉頭，沉默片刻，好像在思考什麼，不久露出笑容，爽快答應道：

「不錯。我叫做鐵冠子，是住在峨嵋山的仙人。第一眼看見你時，就覺得你有慧根，所以才讓你兩度成為大富豪，既然你渴望成為仙人，我就收你為徒吧！」

杜子春喜出望外。老人話未說完，他立刻跪在地上，向鐵冠子叩了好幾個響頭。

「不！我並不要你謝我。雖然收你為徒，但能否成為仙人，還得看你自己的造化——總之，先跟我回峨嵋山再說。哇！運氣不錯，剛好有一根竹子掉在這裡。我們騎上青竹，一起飛回去吧！」

鐵冠子撿起那根竹子，嘴中念念有詞後，接著和杜子春一起猶如騎馬般跨上青竹。說來真奇怪，那根青竹倏忽化為一條飛龍，猛然飛騰上空，在春日傍晚的晴朗天空中，一路往峨眉山的方向飛去。

杜子春簡直快嚇破膽，戰戰兢兢地俯瞰腳底下的風光。夕陽下只見青色山巒，洛陽城的西門（可能早已掩沒在晚霞中）卻遍尋不著。一會兒，鐵冠子任兩鬢白髮在風中飛揚，引吭高歌唱起來。

朝遊北海暮蒼梧
袖裡青蛇膽氣粗
三入嶽陽人不識
朗吟飛過洞庭湖

四

兩人騎著青竹，不久後來到峨嵋山。

他們來到一塊俯臨深谷且寬闊的巨大岩石上。由於巨石所在位子甚高，懸掛在空中的北斗七星，看起來斗大如飯碗，閃閃發亮。原本就是人煙絕跡的深山，此時靜寂無聲，唯有峭壁後方那棵蟠曲交結的老松，隨著夜風晃動枝葉的沙沙聲。

兩人踏上巨石後，鐵冠子要杜子春坐在峭壁下，叮嚀道：

「現在我要飛上天去拜謁王母娘娘，你就坐在這裡，等我回來。我不在時，恐怕不時會出現魔障來阻擾你，不過你絕對不可出聲！假如一開口說話，就表示你終究當不了仙人，你要覺悟！總之，無論是天崩還是地裂，都得默不出聲。」

「您放心。我絕不會出聲。哪怕丟了命，我也不作聲。」

「是嗎？聽你這樣說，我就放心了。那麼，我走了。」

老人跟杜子春告別後，又騎著青竹，騰空消失在連夜裡都看得分明的陡峭群峰的上空了。

杜子春獨坐岩石上，靜靜地眺望星空。約莫過了半個時辰，深山夜氣寒冷逼透薄衫時，上空突然傳來叱責聲。

「何人在此？」

杜子春謹記仙人的囑咐，默不作聲。

一會兒，那聲音再度嚴厲恐嚇道：

「再不回答，立即要你的命！」

杜子春依然沉默。

突然，不知從哪裡躍出一頭老虎，虎視眈眈盯著杜子春，然後長嘯一聲。不僅如此，頭上松枝同時激烈搖曳，接著，從後方峭壁頂上，爬來一條四斗酒樽大的巨大白蛇，吐著火焰般的蛇信，逐漸逼近。

杜子春依然穩如泰山，一動也不動端坐。

猛虎和巨蛇，如搶食同一餌般，彼此窺探、相互對峙。猛然間，幾乎同時撲向杜子春。就在杜子春那條命不知將會被老虎撕裂、還是被白蛇吞噬的瞬間，虎和蛇竟同時如煙霧般消散在夜風中。之後，只聞峭壁上的松枝一如先前沙沙作響。杜子春鬆了一口氣，暗忖到底還會有什麼狀況發生呢？

這時，忽地颳起一陣風，烏雲如墨，密布天空，冷不防閃現一道淡紫色閃電，烏天黑地立即撕裂成兩半，接著雷聲轟轟作響。不！不只是雷聲，如瀑布般的暴雨驟時傾瀉下來。在這種天象變異當中，杜子春仍是面無懼色端坐。風聲、雨柱、轟轟不斷的雷電聲——頓時之間，峨嵋山好似就要山崩地裂。就在這時，突然響起一陣震耳欲聾的雷聲霹靂，只見一道赤紅的火柱，從烏雲密布的天空直往杜子春頭上劈過來。

杜子春不由自主摀住耳朵，匍伏在岩石上。但杜子春隨即睜眼一看，發現晴空萬里，斗大的北斗七星依然閃閃發亮。看來方才的暴風雨，也和老虎、白蛇一樣，都是趁鐵冠子不在時出來作怪的魔障。杜子春漸漸放下心，拭去額上的冷汗，再度端坐岩石上。

然而，他的嘆息聲還未歇，一個高三丈、身披金鎧甲、威風凜凜的神將，出現在眼前。神將手持三叉戟，以戟尖直指杜子春的胸膛，怒眼狠瞪叱罵道：

「喂！你到底是何人？這個峨嵋山自開天闢地以來，就是我居住之地。你膽敢獨自闖進，想必不是尋常人。若想保住一命，趕緊從實說分明。」

不過，杜子春謹記老人的囑咐，依然緘口默不吭聲。

「不乖乖回答嗎？——好！既然如此，咎由自取，休怪我無情。看我千萬兵將把你剁成肉醬。」

神將高舉三叉戟，向對面山頭上空一揮。剎那間，無數的天兵天將如濃雲布滿天空，手中閃閃發光的利刃刀鎗劃破夜空，如排山倒海般衝過來。

眼見這種情景，杜子春幾乎要叫出聲之際，立即想起鐵冠子的話，趕緊忍住，不動聲色。神將見他依然默不吭聲，怒不可遏。

「你這頑固的小子！再不答話，就要取你性命！」

說時遲那時快，神將三叉戟一閃，一下子就刺死杜子春。隨後，他發出高亢的狂笑聲，震得整座峨嵋山地動天搖後就消失無蹤。那些天兵天將當然也隨著呼嘯而過的夜風，如夢幻般不知去向。

北斗星依舊冷冷地映照在那塊巨大岩石上。峭壁上老松一如先前枝葉搖曳沙沙作響。可是杜子春卻已氣絕，仰臥在地。

五

雖然杜子春的身子還仰臥在岩石上，魂魄卻悄悄地脫離軀體，飄到地獄了。

現世與地獄之間，有一條路稱作闇穴道，終年天昏地暗，颳著冷如冰雪般的刺骨寒風。杜子春被強風吹得猶如一片葉子，飛在半空中飄忽不定，最後落到一座掛有「閻王殿」橫匾的巍峨殿堂。

殿前一大群鬼卒，一見到杜子春，立刻上前團團圍住，將他押到階前。階前上方坐著一個身穿黑袍、頭戴金冠的大王，威武地睥睨四周。杜子春暗忖，這恐怕就是傳說中的閻羅王吧！不知會被如何處置？只好戰戰兢兢地跪下去。

「何方小子！為何獨坐峨嵋山上？」

閻羅王聲如雷響，從階前傳過來。杜子春本想立刻回答，猛然想起鐵冠子的告誡——「絕不能開口說話」。因此垂頭不語，像個啞巴般緘默。閻羅王揚起手中的鐵笏，臉上鬍鬚倒豎，氣勢洶洶地怒斥：

「你當此地是何處？速速回答便罷！否則叫你嘗嘗地獄的苦刑。」

杜子春依然緊抿著嘴，不為所動。閻羅王見狀，轉頭向鬼卒不知下什麼命令。眾鬼卒應聲後，一把抓起杜子春，往閻羅殿上空拋過去。

眾所周知，地獄裡除了刀山和血池外，還有火焰之谷的火山地獄與冰海一片的寒冰地獄等，全都設在昏天黑地下。眾鬼卒將杜子春拋向一座又一座的地獄受折磨。可憐的杜子春，備受刀劍穿心、火焰燒臉、拔舌剝皮、鐵杵磨骨、油鍋活炸、毒蛇吞腦、雄鷹啄目等酷刑，若要細數他遭受的痛苦與折磨，實在是超乎常人的忍受極限而難以量計。縱使如此，杜子春依舊咬緊牙關，拼命忍痛，吭都不吭一聲。

眾鬼卒驚訝萬分，卻是莫可奈何。只得再次揪著杜子春飛越暗夜般的天空，回到閻羅殿前，再度將他押到階下，齊向殿上的閻羅王稟告道：

「這罪人，無論如何都不肯開口說話。」

閻羅王皺眉思索片刻，靈機一動，吩咐一名鬼卒道：

「這男子的父母一定是落入畜牲道，立刻去把他們押過來。」

鬼卒隨即乘風飛入地獄上空。一會兒，迅如流星地驅趕著兩頭畜牲，火速回到閻羅殿前。杜子春一見到那兩頭畜牲，驚恐萬分。雖然是兩頭醜陋不堪的瘦瘠馬匹，但是那臉龐分明就是作夢也忘不了的父親和母親。

「你為什麼獨坐峨嵋山上？趕緊從實招來，否則就讓你的父母親嘗嘗苦頭。」

雖然受此威脅，杜子春依然默不作聲。

「你這個不孝子！只顧自己，完全不管父母的死活嗎？」

閻羅王厲聲大罵，震得整座閻羅殿好似要崩塌。

「來人啊！打！給我把這兩頭畜牲打得骨斷肉開。」

「遵命。」眾鬼卒齊聲回應。手執鐵鞭站出來，毫不留情地從四面八方死命鞭打那兩頭馬。鐵鞭聲咻——咻——地揮動著，如雨點般不停落在兩頭馬身上，打得皮開肉綻。馬——淪為畜牲的父母親，痛苦地扭曲身子，血淚直流，慘不忍睹地嘶叫著。

「如何？還不肯從實招來嗎？」

閻羅王讓鬼卒暫停鞭刑，再次逼問杜子春。此時兩匹馬已是骨碎肉爛，奄奄一息，倒臥在階前。

杜子春緊閉雙眼，死命想著鐵冠子交代的話。突然，耳邊依稀傳來勉強可聽見的微弱聲音：

「不用擔心。別在意我們會怎樣，只要你能幸福過日子，那就好了。不管閻羅王怎麼逼問，只要你不願開口，那默不作聲就好。」

那聲音確實是日夜懷念的母親聲音啊！杜子春不禁睜開眼睛，看見一匹馬無力倒臥在地，悲切地凝望著他的臉。母親處在痛苦萬分中，仍然體諒兒子的心，對於鬼卒的鞭打，沒有露出絲毫的怨恨。比起那些當他富貴時，就來阿諛奉承，當他窮困時，就不屑一顧的世人，母親所流露的是何等難能可貴的溫情，又是何等堅韌的決心啊！杜子春忘了老人的訓誡，跌跌撞撞奔向老馬身邊，雙手環抱奄奄一息的老馬脖子，眼淚撲簌掉下來，大聲喊了一聲：

「娘！」

六

杜子春被自己的聲音驚醒時，發現自己仍然沐浴夕陽中，呆呆地佇立在洛陽城西門下。晚霞滿天，新月皎潔，川流不息的車水馬龍——所有一切都和上峨嵋山之前一樣。

「怎麼樣？縱使你成為我的徒弟，也成不了仙人吧？」獨眼老人面露微笑說道。

「成不了。不過，雖然成不了仙人，我反而感到慶幸。」

杜子春眼裡噙著淚水，不禁握住老人的手說道：

「縱使成為仙人，我在地獄的閻羅殿前，看著父母親受到鞭打的折磨，我也無法默不作聲。」

「如果你還默不作聲的話——」鐵冠子突然很嚴厲地凝視杜子春。

「如果你還默不作聲的話，我打算當下要了你的命。——你大概也不想當仙人了吧！至於大富豪，你也當膩了。那麼，今後你有什麼打算呢？」

「無論當什麼，我都打算做個老實人，本本分分過日子。」

杜子春的聲音，充滿一種至今未有的爽朗。

「好，不要忘記現在所說的話。今後，我不會再跟你見面了。」

鐵冠子一邊說一邊跨開腳步，突然，他又停住腳步，轉頭看著杜子春，頗為愉快地加上一句話：

「對了！我剛想起來。我在泰山南麓有一間房子。那裡房子和田地都送給你，趕快去吧！這個時節，屋子周圍，想必已經開滿桃花了吧！」

神犬與魔笛

獻給郁子

一

古時候，大和國葛城山的山腳下，住著一個名喚髮長彥的年輕樵夫。由於他的容貌如女子般秀美，加上一頭如女子般的長髮，所以大家才會給他取了這麼一個名字。

髮長彥很擅長吹笛子，無論是上山砍柴，還是工作休息，總會拿出插在腰間的笛子，自得其樂地吹著。非常不可思議的，不管是飛禽走獸還是花草樹木，好似也聽得懂笛聲的奧妙。每當髮長彥笛聲一響，芳草青樹無不隨著笛聲搖擺，群鳥百獸亦循聲聚集而來，直到曲終才散。

有一天，髮長彥一如往常，坐在大樹下，心無雜念地吹著笛子，忽然眼前出現一個身上配戴許多碧玉的獨腳高大男子，對他說道：

「你的笛子吹得真好啊！我從很久以前就住在深山裡的洞穴，整天都做些神話時代的夢，自從你來砍柴之後，我便被笛聲深深吸引，每天都聽得興味盎然，很是快樂。因此今天特地現身來感謝你，你想要什麼東西，儘管告訴我。」

樵夫想了一下子，答道：

「我喜歡狗，請您賜我一條狗吧！」

男子一聽，邊笑邊說道：

「只要一條狗啊？看來你是一個欲望不高、知足的人。光是知足這一點就讓人感到欽佩，那就送你一條舉世無雙的神犬吧！我是葛城山中的獨腳仙人。」仙人話一說完，用力吹出一聲尖銳的口哨後，從森林深處出現一條白色的狗，踢得落葉四處飛揚地奔馳而來。

獨腳仙人指著這一條狗，說道：

「牠叫做『阿嗅』，是一條無論發生在多遠地方的事情都可以嗅出來的神犬。

那麼，你要替我好好照顧牠。」話才說完，便化為一陣煙霧消失不見了。

髮長彥非常高興，於是就帶著這條白狗回家。翌日，在山裡吹笛子時，這次不知從哪裡來了一名脖子上戴著黑玉的獨臂高大男子，對他說道：

「聽說昨天我的哥哥獨腳仙人送你一條狗，今天我也要來向你致謝，無論你想要什麼東西，不必客氣都可以說出來！我是葛城山中的獨臂仙人。」

於是，髮長彥就答道：「我想得到一條不輸給阿嗅的狗。」

高大男子立刻吹起口哨，出現一條黑色的狗後，又說道：

「這條狗叫做『阿飛』，只要騎在牠的背上，無論百里遠還是千里遠，都可以騰空飛到目的地。明日我弟弟應該也會來向你致謝吧！」話一說完，他也像前次的仙人般消失不見。

翌日，髮長彥尚未開始吹笛子，便有一名配戴紅玉的獨眼高大男子，如一陣風般從天降落，說道：

「我是葛城山中的獨眼仙人，聽說哥哥們都來向你致謝，我也要送你一條不輸給阿嗅、阿飛的好狗。」話都還沒說完，就吹了一聲響徹森林的口哨，接著出現一條露出獠牙的花斑狗奔馳而來。

「這條狗叫做『阿咬』。無論多麼凶狠的鬼神，與牠相鬥，最後必定會被牠咬死。不過，我們送你的狗，無論在多遠的地方，只要聽到你的笛聲，必定會回到你身邊。倘若沒有笛子就不會回來，千萬不要忘記啊！」

說完話，獨眼仙人又捲起森林中的落葉，如一陣風般騰空而飛去。

二

四、五天後的某一天，髮長彥帶著三條狗，吹著笛子來到葛城山山腳下的三叉路口，看到左、右兩邊的路上，兩位身佩弓箭的年輕武士騎著駿馬而來。

髮長彥見狀，趕緊把笛子插在腰間，畢恭畢敬作揖行禮，並問道：

「兩位武士大人，請問您們要前往何處？」

兩位武士先後答道：

「因為飛鳥國大臣的兩位公主，突然在一夜之間失蹤，看來可能被什麼鬼怪抓走了。」

「大臣非常憂心，於是他表示，無論是誰只要能夠救出兩位公主，必定重重有賞，所以我們兩人才會四處查訪。」

兩人話一說完，對於眼前這位貌如女子的樵夫和三條狗根本不屑一顧，就急匆匆繼續趕路。

髮長彥聽完後，認為機會來了，立刻撫摸白狗的頭，說道：

「阿嗅，阿嗅，趕緊嗅一嗅，把公主的行蹤嗅出來。」

於是，白狗開始對著風向，不斷抽搭著鼻子，忽然全身一陣抖動，答道：

「汪、汪，大公主被住在生駒山洞穴的食蜃人擄走了。」

食蜃人就是古時候飼養八頭八尾的「八岐大蛇」的凶神惡煞。

樵夫立刻雙手抱起白狗和花斑狗，跨坐在黑狗的背上，大聲命令道：

「阿飛，阿飛，趕緊飛到生駒山食蜃人的洞穴吧！」

話都還沒說完，從髮長彥的腳下吹起一陣可怕的旋風，眼看著這條黑狗宛如一片樹葉般飛向天空，然後筆直地往隱沒在青雲之間的遙遠生駒山峰飛去。

三

不久，髮長彥來到生駒山一看，果然在山腰有一個很大的洞穴，一位頭插金簪的美麗公主正在洞內哭泣。

「大公主，大公主，我來救妳了，不必害怕。趕快準備一下，我帶妳回家。」

髮長彥一這麼說，三條狗便咬著大公主的裙擺和衣袖，吠道：

「請趕快準備！汪、汪。」

但大公主淚眼汪汪，指著洞穴裡頭，說道：

「可是，把我擄來這裡的食蜃人，剛才喝醉酒正睡得香甜，等一下醒來，肯定會馬上追過來。那麼你們和我都會沒命。」

髮長彥笑咪咪地說道：

「不過就是一個食蜃人罷了。我怎會把他放在眼裡呢？我證明給妳看，現在就把他除掉，妳不必害怕。」

他邊說邊拍拍花斑狗的背部，厲聲命令道：

「阿咬，阿咬，去把在洞穴裡面的食蜃人一口咬死！」

花斑狗露出獠牙，發出如雷般的吼聲，勇猛地直衝進洞穴，飛快地從裡面叼著食蠻人那顆血淋淋的頭顱，搖著尾巴走出來。

然而，不可思議的事發生了，就在這時，從雲霧隱沒的谷底捲起一陣風，風中傳來溫柔的聲音，說道：

「感謝髮長彥君，你的大恩大德永生難忘。我是受盡食蠻人欺凌的生駒山的駒公主。」

不過大公主正為撿回一條命而慶幸，似乎沒有聽到這聲音。一會兒，她忽然轉頭對著髮長彥憂心忡忡地說道：

「我的一條命幸虧被你救回來了，可是現在我的妹妹還下落不明。」

髮長彥一聽，立刻撫摸白狗的頭，說道：

「阿嗅，阿嗅，趕快嗅一嗅小公主在哪裡！」

白狗抬起頭看著主人，一邊抽搭鼻子，答道：

「汪、汪，小公主被土蜘蛛抓去，關在笠置山的洞穴。」

這隻土蜘蛛，正是古時候神武天皇曾經討伐過的那個大壞蛋一寸法師。

於是，髮長彥和上次一樣，抱著兩條狗，跟大公主一起跨坐在黑狗的背上，說道：

「阿飛、阿飛。趕快飛到住在笠置山洞穴的土蜘蛛那裡吧！」

黑狗隨即騰空而飛，簡直比飛箭還快，直往聳立在青雲之間的笠置山方向飛去。

四

當他們抵達笠置山時，一肚子壞主意的土蜘蛛，早已候在洞口，堆滿笑容迎接髮長彥的到來，並且說道：

「歡迎！歡迎！髮長彥君，辛苦了。承蒙大駕光臨，沒什麼好東西招待，請用點生鹿肝或熊胎兒。」

但是髮長彥搖搖頭，正義凜然地嚴厲斥責道：

「不必了。我們是來救被你擄走的小公主，趕快把小公主交出來！否則就像殺死食蜃人一樣，連你也殺了。」

土蜘蛛一聽，縮成一團，語帶顫抖地答道：

「是，是，當然要交出來。一切都聽您吩咐。小公主毫髮無傷一個人在洞內，請進！請不要客氣，儘管進去把她帶走。」

於是，髮長彥帶著大公主和三條狗進入洞內，果然看到插著銀簪的可愛小公主，悲傷地正在哭泣。

當小公主察覺有人來，嚇得急忙抬起頭，一看到大公主，不由地叫道：

「姐姐！」

「妹妹！」

兩位公主直往對方奔去，高興得相擁而泣。髮長彥看到這種情景，也不禁跟著掉淚。這時候，三條狗的背毛突然豎起來，狂吠不已。

「汪、汪。土蜘蛛這畜牲！」

「可惡的傢伙！汪、汪。」

「汪、汪、汪。給我記住！汪、汪、汪。」

髮長彥猛然察覺轉頭一看，那隻狡猾的土蜘蛛，不知何時搬來一塊大岩石，從外頭把洞口堵得連一點縫隙都沒有，而且還得意地對著岩石又是狂笑、又是拍手，說道：

「活該的髮長彥！這麼一來，不出一個月，你們就會變得瘦巴巴，餓死在這裡啦！我的計謀有夠厲害吧！」

如此落進土蜘蛛的圈套，確實讓髮長彥懊惱不已，所幸他想起自己腰間插的那根笛子。心想只要吹響笛子，不要說飛禽走獸，就連花草樹木也會聽得如痴如醉。所以那個狡猾的土蜘蛛，未必不動心。於是，髮長彥再度提起勇氣，一邊安撫狂吠的狗兒，一邊專心吹笛子。

果然，在美妙的笛聲中，萬惡的土蜘蛛漸漸進入一種忘我的境地。起初是把耳朵貼在洞穴口靜靜地聆聽，後來慢慢聚精會神，開始一寸、二寸把岩石一點一點挪開了。

當岩石挪到足夠一個人進出那般大的開口時，髮長彥忽然停下笛子，拍拍花斑狗的背，命令道：「阿咬！阿咬！把站在洞口的土蜘蛛咬死！」

土蜘蛛一聽嚇破膽，拔腿想逃，卻為時已晚。阿咬快如閃電直衝到洞外，一口咬死土蜘蛛。

然而，不可思議的事發生了，就在這時，從谷底捲起一陣風，傳來溫柔的聲音，說道：

「感謝髮長彥君。你的大恩大德永生難忘。我是受盡土蜘蛛欺凌的笠置山的笠公主。」

五

髮長彥帶著二位公主與三條狗，一同跨坐在黑狗的背上，從笠置山的山頂，往位於京城的飛鳥國大臣的府邸騰空飛去。途中，兩位公主不知何故，將自己的金簪、銀簪拔起來，悄悄地插在髮長彥的長髮上。髮長彥當然一點都沒察覺到，只是在空中邊俯視腳下美麗的大和國原野，邊拼命催促黑狗更快些、更快些。

不久，髮長彥等人來到當時走過的三叉路的空中，雖然黑狗還繼續飛行中，他清楚看到上次那兩個武士不知從哪裡回來，並肩騎著馬，往京城的方向疾駛而去。這時候，髮長彥忽然想把自己立下的大功勞，講給兩個武士聽，於是對黑狗命令：

「飛下去！飛下去！飛到那個三叉路的路口！」

另一方面，兩個武士四處探查兩位公主的下落卻一無所獲，沮喪地騎馬正打算返回京城，突然看見兩位公主和貌似女子的樵夫在一起，騎在勇猛的黑狗上，凌空而下，驚訝之情自不在話下。

髮長彥從狗背上下來，畢恭畢敬作揖鞠躬後，說道：

「武士大人，我與兩位分開後，立刻飛往生駒山和笠置山，把兩位公主救回來了。」

不過，兩個武士認為自己吃了這個卑賤的樵夫一記悶虧，內心又羨慕又忌妒。他們暗地裡非常生氣，表面上卻還是佯裝歡喜，不停地讚美髮長彥的功勞，終於把三條神犬的由來，以及腰間那根魔笛的神奇打聽清楚。他們趁著髮長彥毫無防備之際，先拔走他腰間心愛的笛子，再迅速騎上黑狗，把兩位公主和另外兩條狗緊緊拖住，叫道：

「阿飛！阿飛！往飛鳥國大臣居住的京城飛去！」

髮長彥大吃一驚，立刻往兩人撲去，可是那時候已吹起大風，載著武士的黑狗捲起尾巴，飛上遙遠的藍天了。

現場只剩下武士留下來的兩匹馬，髮長彥趴在三叉路口的中央，悲傷地嚎啕大哭。

這時候，從生駒山的山峰吹來一陣疾風，從風中傳來溫柔的輕聲細語：

「髮長彥君！髮長彥君！我是生駒山的駒公主。」

同時，從笠置山方向也吹來一陣疾風，同樣從風中傳來溫柔的輕聲細語：

「髮長彥君！髮長彥君！我是笠置山的笠公主。」

然後，兩人異口同聲說道：

「現在我們馬上就去把武士奪走的笛子，追回來還給你，請你不要擔心。」

話都還沒說完，大風呼呼吹起，往黑狗飛去的方向狂嘯而去。

不久，那陣風又吹回三叉路的路上，跟剛才一樣邊輕聲細語，邊降落在地。

「那兩個武士和兩位公主，已經一起回到飛鳥國的大臣跟前，獲得很多的賞賜。快！快！趕快吹笛子，把三條狗召回來。我們會幫助你，讓你昂頭挺胸地走進京。」

話剛說完，隨著心愛的笛子，還有金甲、銀盔、孔雀箭、檀香木弓、威武的戎裝，宛如雨點冰雹般陸續落在髮長彥眼前。

六

不久，身配檀香木弓、孔雀箭，如戰神般的髮長彥跨坐在黑狗背上，手抱白狗、花斑狗，從空中降落在飛鳥國大臣府邸時，那兩個年輕的武士真是驚慌失措。不，連大臣也為眼前這不可思議的情景感到驚訝不已，簡直就像在作夢般，呆呆地凝視著髮長彥威風凜凜的模樣。

髮長彥脫下銀盔，畢恭畢敬向大臣行禮致敬，說道：

「我是住在大和國葛城山山腳下人氏，名喚髮長彥。救出兩位公主的人就是我，眼前這兩位武士，對於討伐食蜃人和土蜘蛛，連一根手指頭的力氣都沒盡到。」

聽到這些話，原本將髮長彥所做的一切事吹噓為自己功勞的武士，頓時臉色大變，趕緊打斷對方的話，煞有其事地說道：

「這真是胡說八道。砍斷食蜃人頭顱的人是我們，看破土蜘蛛詭計的人，也千真萬確是我們。」

這時候，左右為難的大臣實在分辨不出哪一方說的話才是真的，他看看髮長彥，又看看武士之後，轉頭對兩位公主說道：

「這些事除了問妳們之外，恐怕也是毫無辦法，到底是誰把妳們救出來的呢？」

兩位公主依偎在父親大人的懷裡，難為情地說道：

「把我們救出來的人是髮長彥。證據就是我們插在他濃密長髮上的髮簪，請您查看就知道了。」

大臣一看，髮長彥的頭上果然插著閃閃發亮的金簪和銀簪。事到如今，武士已無話可說，終於伏跪在大臣面前，顫抖地求饒道：

「我們為搶髮長彥拯救公主的功勞，所以施展詭計欺騙他。現在我們願意坦白召供，請大人饒我們一命。」

接下來的事就毋庸贅言了。髮長彥不但獲得許多賞賜，而且還成為飛鳥大臣的乘龍快婿，而兩個武士被三條狗追趕，狼狽地逃出府邸。不過，到底是哪一位公主嫁給髮長彥呢？因為已經是古老時代的舊事，實在無從知曉。

奉教人之死

縱令人壽三百齡，安樂渡世，較之永生恆久之樂，亦如夢幻耳。

——慶長譯《Guia do Pecador》1

唯立心向善者，方能悟聖教不可思議之甘美。

——慶長譯《Imitatione Christi》2

一

昔日本長崎聖塔露琪教堂，有一本邦少年名喚羅連。因一年聖誕夜，少年飢寒交迫、臥倒於教堂門口，經過前來禮拜的教徒照顧，並受神父垂憐，才被收留在教堂。每被問及身世，其不知為何竟說故鄉在「天國」，父名為「天主」，凡事總笑笑帶過，終致不知少年來歷。眾人見他手腕繫戴青玉念珠，想必他的父輩應非異教徒。神父為首，眾多兄弟，皆不把少年當外人而悉心照料。少年信主之心堅定，不似年少之人，令眾長老頗感驚訝，一致認為羅連為天童轉世。雖然不知他的身家背景，卻是百般呵護。

羅連貌如冠玉般清新，其聲如女子般輕柔，深得眾人疼愛。眾教徒中有一本邦的兄弟名喚「熙梅旺」，尤視羅連如手足，兩人日常進出總相偕。熙梅旺原為奉仕諸侯家的武士，身材魁偉出眾，性情剛烈。倘遇異教徒投石滋事、騷擾教堂，神父總令他挺身防衛，此已非一次、二次之事。他與羅連之相親，宛若雄鷹之伴乳鴿，或說葡萄藤之攀纏山檜木而綻放花朵。

歲月如流水，倏忽三載餘，羅連將及弱冠。此時，突然有奇怪的謠言傳出，謂距聖塔露琪教堂不遠處的街坊上，有一傘鋪的女兒和羅連似有情愫。經營傘鋪的老翁也是天主教徒，經常攜女到教堂禮拜，禱告之餘，女子目不轉睛，直盯職司提爐之羅連看。而且此女每次上教堂，必定花枝招展，頻頻向羅連眉目傳情，惹得眾教

1《罪人指南》，內容多為引導罪人向善，為西班牙修道士所著。
2《師主篇》，著名天主教靈修書籍，普遍認為是德國隱修士所著。

徒側目，有人稱看到女子行進之時，故意去踩羅連的腳，也有人說看到兩人互遞情書。

事已至此，神父自不能坐視不理。某日，召羅連入室，撫著白鬚溫和問道：「外傳你和傘鋪家女兒私通款曲，此事是否屬實？」羅連滿臉憂愁，頻頻搖頭，語帶哽咽地再三表白：「絕無此事。」神父見狀，不免心軟，暗忖雖然已到思春年齡，惟平日信心堅篤，想必不致說謊，遂相信他所言。

雖然神父疑竇已解，不過流傳在聖塔露琪教堂信徒之間的流言，仍然未見歇息。熙梅旺和羅連既然親如手足，比起他人又更耿耿於懷。然而，他初聞這件醜事時，自己都感到羞恥不已，原本下定決心一問究竟，但一見到羅連的臉，卻又覺得怎麼可能呢？某日，熙梅旺在教堂後院撿到女子寫給羅連的情書，趁著屋內四下無人，將情書攤在羅連面前，連哄帶誘，反覆追問，羅連面紅耳赤，方答說：「女子鍾情於我，我只收情書，不曾和她說過半句話。」既然如此，世間又怎會無風起浪呢？熙梅旺不死心地追根究柢，羅連眼露哀怨直盯著對方，責怪道：「難道我是那種連你都要欺瞞的人嗎？」話一說完，如飛燕般快速破門離去。熙梅旺深悔自己太多疑，不禁感到羞愧。他正想悄悄離去時，少年羅連又匆匆折返，一頭撲向熙梅旺，摟住他的頸子，氣喘吁吁低聲道：「都是我不好，請原諒我。」熙梅旺還來不及答話，羅連不知是否為掩飾臉上淚痕，一把又推開對方，直奔屋外而去。羅連所謂「都是我不好」，到底是和女子私通而自知不好呢？還是對熙梅旺過於嚴厲而感到自己不好呢？終究讓人丈二金剛摸不著頭。

不久，傳出傘鋪女子懷有身孕，且向其父告白，腹中胎兒乃聖塔露琪教堂羅連之骨肉。傘鋪老翁勃然大怒，立即上教堂將事情原委告訴神父。事到如今，羅連無辭自解。當天，神父召集眾人商議，一致決議予以破門處置。羅連一旦遭受破門，就得離開教堂，眼見將無以為生。然而如此罪人，任其住在聖塔露琪教堂，事關天主之榮光，斷然不可。平日與羅連親近之人，莫不忍住淚水主張將羅連逐出教堂。

當中最感痛心者，莫過於親如手足的熙梅旺。他既憐憫羅連被驅逐，又對於羅連的欺瞞加倍憤怒。那般幼齡的少年，在刺骨寒風中，黯然走出教堂大門時，熙梅旺奔過去揮了一拳，痛擊在那俊美的臉龐，羅連受擊倒地，好不容易才勉強爬起來，淚眼望天，顫抖禱告道：「主啊！請饒恕他。他不知道自己在做什麼。」熙梅旺一聽此話，頓感悵然。唯有佇立門際，對空猛揮拳。眾兄弟百般勸說，他才放下手，鐵青著那張宛如暴風雨即將來襲的臉，默默無語，不捨地目送羅連走出聖塔露琪教堂的背影。據當時在場目擊者所言，寒風中，羅連垂頭喪氣，向長崎西空夕陽殘照處踽踽而行，少年優雅的身影，宛如置身在滿天的火焰中，看得極為分明。

自此之後，羅連從昔日聖塔露琪教堂提爐之職，淪落至棲身郊外非人[3]小屋，成為世間可憐的小乞丐。何況他原是天主教徒，世人將異教徒視如屠牛宰馬行業般下賤，如今走在街頭，不僅受無知孩兒的嘲謔，也屢次遭受棍棒瓦石攻擊。不！豈止如此，又曾一度感染長崎街町蔓延的可怕熱病，倒臥路邊七天七夜，呻吟欲絕。幸得萬世無疆天主的垂憐，不僅救他一命，且往往在未獲米、錢施捨之日，也能惠賜山間野果或海濱魚介，充當一日之糧。縱使如此，羅連也不曾忘記昔日聖塔露琪教堂的朝夕祈禱，其手腕的念珠亦不改青玉之色。每於夜闌人靜時，悄然離開非人小屋，踏著月光，獨自回到熟悉的聖塔露琪教堂，祈禱天主保佑。

然而，教堂的眾信徒對他早已疏遠，避之唯恐不及，神父以下無人憐憫羅連，也是理所當然。自從遭受破門處置，被認定是無恥劣行的少年，不知為何還能保有每夜回到教堂禮拜聖靈的堅定虔誠心。只能說是天主無量慈愛的感化吧！但此仍被視為不當之舉，對羅連而言，亦是可悲之事。

至於傘鋪女子，在羅連遭受破門後不久，產下一名女嬰。雖說傘鋪老翁非常頑固，也許因頭一個幼孫的緣故，他不再懊惱，遂助女悉心撫育，經常或抱或哄，有時好似把孫女當玩偶般愛憐逗弄。老翁這種舉動算是人之常情，最奇怪的是那個修士熙梅旺，這名力敵惡魔的大漢子，自從女子生產後，一有空閒就去拜訪傘鋪老翁，笨拙地抱起小嬰兒，難過地淚流滿面，想必是思戀溫雅的師弟羅連吧！不過，女子自從羅連離開聖塔露琪教堂後，不曾和他見面，可能心生怨恨，對於熙梅旺的造訪，從不給他好臉色。

此邦有俗諺：「光陰似箭」，匆匆又過一年。某日，突然遭逢大火，一夜之間大半長崎化為焦土。景象慘烈之極，宛如最後審判的號角響起，聲音衝破漫天的火光，響徹大地，令人毛骨悚然。那時，傘鋪正當下風處，眼見將被火焰波及，父女兩人倉皇逃出，卻不見幼兒身影，想必還在屋內，忘記抱出。老翁頓足大罵，若非有人阻止，女子幾乎要衝進火場救女。然而，風愈強，火勢愈大，熊熊火舌呼呼作響，好似連天星都要吞噬。前來救火的左鄰右舍也是亂成一團，除了極力拉住近乎發瘋的女子，不讓她衝進火場外，根本束手無策。此時，有一個人推開眾人，衝到

3 非人，為江戶時代最下層的身分。「非人小屋」則為江戶時代，幕府和諸藩所設，以供收容非人、乞食、貧民等之設施。

現場，那就是修士熙梅旺。這個不畏生死的彪形大漢，一馬當先，奔進火海，不過因火勢過烈終致退縮，只見他三番兩次衝進濃煙，卻又轉身落荒而逃。遂走向老翁和女子前，說道：「此事唯有求主安排，終非人力所能為。」此時，老翁身後不知是誰突然高聲喊道：「主啊！祈求帶領。」聲音甚為熟悉，熙梅旺轉頭一看，赫然發現那不正是羅連嗎？火光映在他清瘦的臉龐，及肩黑髮在風中亂飄，雖說落魄，依然眉清目秀，一眼就可以認出來。羅連一身乞丐模樣，佇立眾人面前，眼睛連眨都不眨，盯著燃燒中的屋子看。忽然一陣狂風大作，煽得火勢更加猛烈，霎那間，羅連飛快衝進火柱、火牆、火樑之間。熙梅旺不禁全身冒汗，對空高畫十字架，並且高喊：「主啊！請賜福。」不知為何，此時他眼前所浮現，竟是寒風颯颯的夕陽餘暉中，離開聖塔露琪教堂大門時，羅連優雅又悲戚的身影。

雖然周圍的信徒，看到羅連奮不顧身衝進火海感到很驚訝，對於他遭受破門一事仍然無法忘記。原本就是群情激動，頓時紛紛交頭接耳道：「父子親情畢竟是天性，羅連做了那等醜事，在這一帶都不敢露臉，如今為救自己的親骨肉，竟然肯衝進火場內。」大家七嘴八舌，還唾罵不已。此時老翁也有同感，不知為何從方才一見到羅連，心中就一陣慌亂，只能勉力掩飾，卻是坐立難安，煩躁不堪。唯有女子如瘋狂般跪伏在地，雙掌掩臉，全心全意祈禱，一動也不動。頭上的火星飛舞如雨水般紛紛落下，濃煙滾滾撲面而來，女子仍然低頭祈禱，渾然忘卻身邊的一切，彷彿入定於禱告的三昧之境。

不久，大火前的群眾再次鼎沸，只見羅連披頭散髮，手抱幼兒，在火舌亂竄的火場中，如從天降臨般現身。此時，一根已然燒盡的屋樑，突然斷裂，伴隨轟然巨響，濃煙、火焰從半空中爆起，羅連的身影立即消失，眼前只見融融火柱，熾光閃閃如珊瑚樹。

目睹此般巨禍，在場的熙梅旺、老翁等眾人莫不怵目驚心，前嫌盡棄。其間，女子嚎啕大哭，呼天搶地，連小腿都露出來，隨後又如被雷擊般跪伏在地，不知何時手中緊緊抱住那個生死未明的幼女。啊！慈愛無邊、恩典無垠的主啊！人間的言辭不足以讚美您的智慧和力量。原來在屋樑燒塌之際，羅連奮力將幼兒拋出，竟然毫髮未傷滾在女子腳邊。

女子跪倒在地，喜極而泣的同時，老翁舉起雙臂讚美我主慈悲，其聲莊嚴。不！是肅穆至極。且說一心想救羅連的熙梅旺，竟然一躍就跳進火海中，老翁的聲音瞬間轉為沉痛悲愴，禱告聲在夜空中高高迴響。當然不只有老翁，在場的信徒莫不團團圍住，齊聲泣禱：「請主恩賜！」啊！聖母瑪利亞的聖子，將人間一切悲苦視為自己悲苦的我主耶穌基督，終於聽到眾人的禱告。看！熙梅旺不是抱著通體被燒得慘不忍睹的羅連，從濃煙烈焰中走出來了嗎？

當晚遭逢之巨變，不僅於此。當教眾把氣若游絲的羅連，抬到處於上風處的聖塔露琪教堂大門口。一直將幼女緊緊抱在胸的傘鋪之女，淚流滿面跪伏在剛好走出門外的神父腳下，當著眾人之前，面露懺悔說道：「這幼女並非羅連之骨肉，其實是我和鄰家異教徒私通所生下。」女子聲音顫抖，雙眼閃著淚水，其懺悔不像虛假之言。此話當真？信徒肩並肩屏息靜氣，已然忘記漫天大火。

女子忍住淚水又說道：「我平日就傾慕羅連，奈何他信主之心堅篤，對我十分冷淡，我懷恨在心，所以才謊稱腹中之子是羅連的骨肉，讓他體會我的痛苦和不平。誰知道品格高尚的羅連，絲毫不怨恨我所犯下的大罪，今晚不顧自身的安危，衝進如地獄般的火焰中，救我小女一命。他的仁慈和高貴，如同主耶穌再生。一想到自己的罪孽深重，縱使有惡魔把我碎屍萬段，我亦不會有任何憎恨。」女子懺悔未完，又伏倒在地痛哭。

此時，團團圍住的信徒中，此起彼落地喊出：「這就是殉教！」、「這就是殉教！」羅連以憐憫罪人之心，奉行主耶穌的聖跡，不惜淪落為乞兒。即使如父之神父、如兄之熙梅旺，亦未識其真心。若說這不是殉教，什麼才是殉教呢？

聽到女子的懺悔，被燒得髮焦皮爛的羅連，手腳已是動彈不得，怎有力氣說話，只是微微點了二、三次頭。老翁和熙梅旺聽完後，心如絞痛，蹲在羅連身旁，很想為他做點什麼，無奈羅連的呼吸愈來愈急促，想是臨終在即。不過，唯有那雙遙望天邊，如星星般的眸子一如平日，絲毫沒變。

不久，傾聽完女子的懺悔，神父背向聖塔露琪教堂佇立，白鬍在夜風中吹拂，神色肅然說道：「悔過的人有福了。然而有福之人，豈能以人之手來處罰。從今而後，更得遵守天主的戒律，心平氣和等待末日的審判。另外，羅連以己身奉行主耶穌旨意，如此義舉在本邦教眾中實為稀有之德行。何況以少年之身——啊！這又是怎麼一回事呢？」話說至此，神父突然噤口不語，彷彿望見聖光般，凝視腳底下的羅連。神父態度甚為肅穆，雙手顫抖，肯定是發生了不尋常的事。啊！神父消瘦的臉龐上竟然淚流滿面。

熙梅旺也看見了。老翁也看見了。靜靜躺在聖塔露琪教堂門口，浴火的身軀比鮮血還紅，確實還是一個美少年，然而從胸前被燒破衣服露出的，不正是兩顆如潤玉般的乳房嗎？雖然臉龐已經被燻得焦黑，但依然透著溫柔婉約的氣質。啊——羅連竟是女子！羅連竟是女子！背對猛火，一列排開站立的眾信徒，也睜大眼睛看著這個以破色戒為由，被趕出聖塔露琪教堂的羅連，竟然和傘鋪女子一樣，同為女兒身。

霎那間，教眾皆肅然起敬，彷彿聽聞天主的聲音，從星光都看不見的遙遠夜空傳來。站立在聖塔露琪教堂前的眾信徒，如風吹麥穗般全都低垂著頭，跪在羅連的周圍。一片靜默中，傳入耳邊的只有那照亮夜空的萬丈火焰的燃燒聲響。不！隱約中聽到有人的啜泣聲，那是傘鋪女子呢？還是自認是兄長的修士熙梅旺呢？不久，神父在羅連之上，高舉雙手。寂靜的四周，耳際響起神父莊嚴誦經聲。誦經聲停歇時，這名被稱為羅連的本邦年輕女子，仰望暗夜中彼方的天國之光，嘴角露出安祥的微笑，靜靜溘然而逝……

此女的生平，除此之外一無所知。究竟為何如此？總之，世間之尊貴者，任何事物都難以取代，總是感動人於瞬間。或可以暗夜大海來比喻吧！當捲起海浪到煩惱的天空，只有在浪花中掬起剛升起的月光，才是有生存價值的生命吧！如此說來，假如能夠明白羅連的最終，不就明白羅連的一生了嗎？

二

我的藏書中，有一本長崎耶穌會刊行之《列干達．奧烏里亞》，即為LEGENDA AUREA之音譯。其內容未必是西歐所謂的《黃金傳奇》。本書收錄該地信徒、聖者言行之同時，也收納本邦教徒勇猛精進的事蹟，作為傳福音布道之用。

書分上、下二卷，以美濃紙印刷，草書中交雜平假名，印刷甚不清楚，也不知是否為活字印刷。上卷扉頁上，以拉丁文橫書書名，其下二行以漢字縱書「一千五百九十六年，慶長二年三月上旬刻印」。年代左右有天使吹喇叭之畫像，畫工頗為幼稚，也不能不說有拙趣。下卷，除「五月中旬刻印」之句外，都與上卷相同。

兩卷各約六十頁，所載黃金傳說，上卷八章、下卷十章。各卷卷首還有作者不明的序文，以及加上拉丁文的目錄。序文的文筆不甚通暢，其中雜有歐文直譯的語法，一看即知肯定出自西洋人神父之手。

以上採錄之《奉教人之死》，為依據《列干達．奧烏里亞》下卷第二章所改寫，可能是發生在當時長崎某教堂的軼事紀錄吧！不過，記事中的大火，經查《長崎港草》等諸書，皆無法得到證實，事件的正確性乃至發生年代，亦無從確認。

我改寫《奉教人之死》，為發表上之需要，多少有些潤飾。倘若無損於原文平易雅馴之筆致，則甚幸之。

南京的基督

一

秋日深夜。南京奇望街一戶人家，一個臉色蒼白的中國少女，獨自坐在陳舊桌邊，手托下巴，百般無聊嗑著盤子裡的瓜子。

桌上的油燈，搖晃著昏暗的燈光。與其說這燈光照亮屋內，毋寧說是憑添一層陰鬱。壁紙剝落的屋子角落，有一張露出毛毯的藤床，床上掛著發出塵埃氣味的帳子。桌子的另一邊，擺了一把同樣陳舊的椅子，好似被遺忘般丟棄在那裡。除此之外，屋內找不到一樣像裝飾品的家具。

少女對此毫不在意，不時放下瓜子，抬起清澈的雙眼，凝視桌子對面的牆。原來前方的牆上有根彎鉤，上頭恭恭敬敬地掛著一個銅製小十字架。那個十字架上，雖然稚拙地雕刻出受難基督，高高地張開雙臂，不過浮雕輪廓已被磨損得像影子般模糊。每當少女的目光落在耶穌像時，長睫毛下的孤寂眼神，瞬間消失得無影無蹤，取而代之則是充滿天真爛漫的希望之光洋溢於臉上。可是當她把視線一移開，總會長嘆一口氣後，無奈地垂下包在光澤盡褪之黑綢上衣的肩膀，再度又一粒一粒嗑起盆子內的瓜子。

少女名喚宋金花，由於家貧，她迫於生計，夜夜在那屋子接客，是一個年僅十五歲的私娼。秦淮一帶私娼寮眾多，如金花這般容貌的人比比皆是。不過，如金花這般溫柔的少女，是否還能找到第二人，頗令人懷疑。她與同行的娼婦不一樣，既不騙人也不任性，每晚面露愉快的微笑，與來到這昏暗屋內的三教九流的客人作樂。偶而有嫖客付出比原本講定的金額還多時，她就希望能夠讓相依為命的父親，多喝一杯喜愛的酒。

當然啦！金花的這種品性，無疑是出於天性。不過，若說還有其他什麼原因，正如牆上十字架所示，從金花小時候即一直信仰羅馬天主教，這是已過世的母親教導她的。

——話說今年春天，有個年輕的日本旅行家，在上海看完賽馬後，順道探訪南中國的風光，在金花的屋裡度過了好奇的一夜。當他嘴叼雪茄，輕輕地把小金花摟在穿著西服的膝上，不經意看到牆上的十字架，露出疑惑的神情，用蹩腳的中國話問道：

「妳是耶穌教徒？」

「是的。五歲時就受洗了。」

「既然如此，怎會做這種營生呢？」

他的話中，瞬間帶著諷刺。金花把梳著髮髻的頭倚在他的懷中，一如平日開朗地笑著，露出可愛的犬齒。

「不做這個營生，爹爹和我都要餓死了。」

「妳爹年紀很大嗎？」

「是啊！腰都直不起來了。」

「但是——但是做這一行，妳不覺得不能上天國嗎？」

「不。」

金花望了一眼十字架，帶著深思的眼神說道：

「我認為天國的基督，一定會體諒我的苦衷。——否則的話，基督和姚家巷警察署的官員就沒兩樣了。」

年輕的日本旅行家微微一笑。接著，摸了摸上衣的口袋，拿出一對翡翠耳環，親手給她戴在耳朵上。

「這是農曆五月在日本買的耳環，給妳當作今晚的紀念。」

金花從第一次接客的那一夜起，確實都抱持著這麼一個信念而感到心安理得。不幸的是大約從一個月前起，這個虔誠的私娼卻罹患梅毒。聽到這事的好姐妹陳山茶教她喝鴉片酒，說是有止痛效果。後來又有一個好姐妹毛迎春熱心地特意拿來自己服用後剩下的汞藍丸和昇汞水。然而不知為什麼，縱使金花不接客，只待在屋裡，也不見病情好轉。

有一天，陳山茶到金花這邊串門子時，告訴她當時有一種煞有其事的迷信治療方法。

「妳的病是被客人傳染的，所以趕快把病傳染出去吧！只要這樣做的話，二、三天後肯定就會好起來。」

金花還是手托下巴，依然愁容滿面，不過對山茶所說的話多少有些好奇心。

「真的嗎？」她輕聲反問道。

「嗯，是真的。我姐姐也跟妳一樣，怎麼都不見病情好轉，後來把病染給客人，立刻就好啦！」

「那客人怎麼樣呢？」

「那客人倒是挺可憐的。聽說連眼睛都瞎了。」

山茶離開屋子後，金花獨自跪在牆上掛的十字架前，抬頭仰望蒙難的基督，虔誠地禱告道：

「天國的主啊！我為撫養爹爹，才去做這種下賤營生。不過，我所做的營生除了沾汙自己的身體外，不曾給任何人添麻煩。因此我認為就算自己就此死去，死後也必定可以上天國。可是現在的我，假如不把這個病傳染給別人的話，就無法再從事目前的營生了。這麼看來，縱使餓死也……當然假如這樣做，縱使病治好了……不過我要警惕不要跟任何客人同床。只要不那麼做，我就不會為了自己的幸福，讓那些跟我無冤無仇的人遭受不幸。但是，不管怎麼說我只是一個女人家，也許什麼時候會受不了誘惑而淪落。天國的主啊！請保佑我吧！除了您之外，我是一個無依無靠的女人。」

宋金花如此下定決心後，無論山茶或迎春怎麼相勸，她就是堅持不接客。有時熟客上門找她尋歡作樂，也只是一起抽抽菸之類，決不屈從客人的意願而上床。

「我身上患有可怕的病，如果在一起的話，怕會把病傳染給您。」

儘管如此，客人還是想要她，每當強拉她上床尋歡作樂時，金花總是如此奉勸，甚至毫無顧忌地把身上有病的證據露出來。客人漸漸不上門的同時，她的生活也變得一天比一天艱困……

今夜，她仍然靠著桌子，孤零零地坐在那裡發呆。她的屋子依然沒有客人上門。不知不覺間，夜更深了，傳入她耳朵的，只有蟋蟀不知在哪裡的鳴叫聲。不僅如此，屋裡毫不暖和，寒氣從地板的鋪石，好似冷冰冰的水般，漸漸襲向她所穿的灰色鍛布鞋和包裹在鞋內的嬌嫩雙足。

金花從剛才一直出神地看著昏暗的燈光，不久她的身子一震，不由得抓了一下戴著翡翠耳環的耳朵，強忍住呵欠。正好就在這時候，油漆門猛然被推開，一個不曾見過的外國人踉蹌地從外面闖進來。也許是用力過猛吧！桌上油燈的紅色火焰倏忽燒得猛烈，狹窄的屋子瀰漫著一股煤油味。燈光正好照著客人，那個客人一度往桌子這邊跌撞過來，很快又站起來，接著向剛關上的油漆門退去，背緊緊靠在門上。

金花不由得起身站起來，對這個不曾見過的外國人的身姿，投以驚訝的眼光。客人年約三十五、六歲吧！身穿條紋咖啡色西服，頭戴同布料的鴨舌帽，大眼睛，留鬍子，臉龐曬得黝黑。唯一令人搞不清楚的，就是儘管知道他是外國人，卻分不出是東方人還是西方人。帽檐下露出黑頭髮，嘴裡叼著熄火的菸斗，擋在門口的模樣，怎麼看都像是喝得爛醉的路人走錯門。

「請問有什麼事嗎？」

金花感到有些害怕，只是站在桌子前，責備似地問了這麼一句話。對方搖搖頭，表示聽不懂中國話。然後他拿下叼在嘴裡的菸斗，流利地說了一句不知什麼意思的外國話。此時，金花只是對他搖搖頭，翡翠耳環在桌上的燈光照耀下閃閃發光。

客人看她露出疑惑的神情，迷人的雙眉緊鎖，突然放聲大笑，隨手脫下鴨舌帽，東倒西歪走過來。一屁股就坐在桌子對面的椅子上。這時候，金花看著外國人的臉，儘管不記得在何時何地見過，總覺得有一種很面熟的親切感。客人毫不客氣地抓起盤子裡的瓜子卻又不嗑，只是直直盯著金花看。不久，他邊打著奇怪的手勢邊說著不知什麼的外國話。儘管金花不懂對方的意思，但大致推測這個外國人對她的營生多少是知道的。

對金花而言，跟不懂中國話的外國人共度長夜，並不是什麼稀罕的事。於是，她坐下來，幾乎是習慣性地露出討人喜愛的微笑，開始說起對方根本聽不懂的玩笑話。不過，幾乎要讓人懷疑客人是不是聽得懂這些笑話，他聽了幾句後居然開懷大笑起來，並進一步比出更多令人眼花撩亂的各種手勢。

客人滿嘴酒臭味，可是那張自得其樂又喝得紅咚咚的臉，竟然使得寂寥的屋內變得開朗起來，從而充滿男性的活力。這一點至少就金花看來，不用說平常看慣的那些南京同胞，就是比起以往見過的東洋、西洋外國人都要出色多了。不僅如此，剛才也說過她覺得這張臉很面熟，這種感覺始終無法揮去，金花一邊看著客人垂在額頭上的黑色卷髮，一邊親切地露出嬌媚的笑容，努力回想到底在哪裡見過這張臉。

「會是前不久跟胖太太一起搭畫舫的人吧？不、不對。那個人的頭髮比他紅得多了。那麼，也許是用照相機對著秦淮孔子廟的那個人嗎？可是，總覺得那個人比這客人年紀大些。對啦！好像什麼時候在利涉橋邊的飯館前，在人山人海當中，有一個人和這客人長得很像，當時他拿起很粗的藤杖往人力車夫的背上揮過去。也許就是……不過，那人的眼珠好像比他綠得多了……」

金花在思索這些事時，外國人依然很開心，不知什麼時候他把菸斗裝滿菸絲，吐出好聞的菸味。突然間不知說了些什麼，然後溫和地笑著，在金花面前比出兩根手指頭，做出「行不行？」的表情。任誰都知道兩根手指頭表示美金兩元。不過，已經不留客的金花，靈巧地把瓜子嗑得咯咯響，面帶笑容搖搖頭表示不行。客人見狀，把粗壯的雙肘拄在桌上，在昏暗的燈光中，慢慢把醉眼醺醺的臉龐靠過來，目不轉睛地盯著她看，一會兒又比出三根手指頭，眼神中期待回答。

金花挪了一下椅子，嘴裡含著瓜子，露出為難的神情。心中暗忖，縱使客人出兩美元，身子也無法任他擺布。雖說如此，對於語言不通的客人，根本無法讓他明白其中的細節。這時候，金花有些後悔自己的輕率，她把冷漠的眼神轉向了室外，無可奈何地，再次斷然對他搖搖頭。

然而，過了一會兒外國人仍然露出笑容，遲疑了一下，比出四根手指頭，然後又對她說了幾句外國話。無計可施的金花托著臉頰，已經笑不出來了，事到如今只能下定決心繼續猛搖頭，直到客人知難而退。儘管如此，好像有什麼看不見的東西抓住客人的手，他竟然伸開五根手指頭。

此後，兩人比手畫腳好一陣子。其間，客人很有耐心地手指頭一根一根增加，最後竟然不惜比出十美元，展現勢在必得的決心。對一個私娼來說，十美元雖是一筆大數目，金花的決心仍不為所動。她自剛才就從椅子上起身站起來，斜斜地站在桌子前，當對方伸出雙手十個手指頭時，她急得直跺腳，不停地搖頭。這時候，不知為何掛在釘子上的十字架突然掉下來，發出金屬響聲，掉落在腳下的鋪石上。

她慌張伸出手珍惜地撿起十字架。無意中看到刻在十字架上蒙難基督的臉，突然發現，非常不可思議地那張臉竟然酷似桌子對面的外國人。

「難怪總覺得在哪裡見過，原來酷似基督的臉。」

金花把銅製十字架貼在黑綢上衣的胸前，不由地以一種驚訝的眼光投向桌子對面的客人。燈光照射在客人醉醺醺的臉上，不時從菸斗吐出菸霧，露出意味深長的微笑。而且眼睛盯著她——從粉嫩的脖子，到戴著翡翠耳環的耳朵不停地來回打量。不過客人這種模樣，金花看在眼裡無疑地卻充滿一種親切的威嚴。

一會兒，客人放下菸斗，故意歪著頭，笑著對她不知說了些什麼。這些話幾乎就像巧妙的催眠師在被催眠者的耳邊輕聲細語般，在金花心裡產生莫大的暗示作用。她不知是否完全忘記自己堅毅的決心，笑盈盈的眼睛輕輕往下看，一邊撫摸著銅製十字架，一邊羞答答移步向這位奇怪的客人靠過去。

客人把手伸進褲袋內，故意把銅板弄得嘩嘩響，眼中帶笑，痴痴地直盯著金花姣好的身姿。突然，客人帶笑的眼睛一變為熾熱的光芒，猛然從椅子站起來，充滿酒氣的西服袖子，使勁把金花緊緊摟進雙臂裡。金花好像失魂般，戴著翡翠耳環的頭無力地往後仰，蒼白的臉頰上隱隱泛出鮮艷的血色，恍惚的眼神看著貼到鼻子跟前的客人的臉。面對這個不可思議的外國人，該讓他為所欲為擺弄自己身子呢？還是為了不要把病傳染給他而拒絕親吻呢？當時已無暇多加思慮了。金花任憑這個滿是鬍鬚的客人熱切親吻自己，這時候她宛如燃燒戀愛的歡愉般，初次體會到戀愛的歡喜，一股激情猛然從心頭湧上來……

二

幾個小時後，燈火已熄的屋內，只有蟋蟀微微的鳴聲，伴隨床上兩人所發出的酣睡聲，使得秋意更添幾分寂寥。其間，金花的夢好似雲煙般，從帶著塵埃氣味的床帷，向屋頂上的星空高高升去。

*

——金花坐在紫檀椅上，筷子伸向擺滿各種菜餚的桌上。有燕窩、魚翅、燕蛋、燻魚、烤乳豬、海參羹等——菜餚之多，數不勝數。餐盤碗筷也非常精緻，上頭畫有青蓮花和金鳳凰。

她坐的椅子後頭，有一扇垂掛著紅紗帷圍的窗子，窗外可能有條小河，輕輕的水流聲和櫓聲不絕於耳。此情此景，怎麼看都像是她自幼就看慣的秦淮風光。事實上，此時她所在之地無疑是位於天國街町的基督之家。

金花不時停下筷子，環視桌子四周，寬敞的屋內，除了雕刻龍柱、大朵菊花盆栽、菜餚冒出的熱氣外，看不到一個人影。

儘管如此，當桌上只剩一道菜時，竟隨即又有熱騰騰、香氣四溢的山珍海味，不知從何處端到她面前。當她正想舉筷時，燒烤的全雞突然展開翅膀，碰倒紹興酒瓶，振翅直往天花板飛去。

這時候，金花察覺不知是誰一聲不響地走到她的椅子背後。她舉著筷子，悄悄轉頭一看。原有的那一扇窗子不見了，只見鋪著緞子坐墊的紫檀椅上，坐著一個不曾見過的外國人，嘴上悠然地叼著一根黃銅水煙袋。
金花一眼就看出，那就是今晚到她屋子過夜的男子。唯一和過夜男子不同的，就是這人頭頂一尺左右的地方，懸著一輪像似月牙的光環。這時候，金花的眼前又端上一只冒著熱氣的大盤子，簡直就像從桌子底下冒出來，盤中盛著色香味俱全的菜餚。她正想舉起筷子品嘗時，猛然想起背後的外國人，隨即轉頭客氣地問道：
「您不過來這邊嗎？」
「不用了。妳一個人吃吧！把這些吃下去後，今晚妳的病就會痊癒。」
頂著光環的外國人，仍舊叼著水煙袋，露出無限慈愛的微笑。
「這麼說您不吃嗎？」
「我嗎？我不喜歡中國菜。看來妳還不知道我是誰吧！耶穌基督不曾吃過中國菜。」
南京的基督如此說完後，慢慢從紫檀椅上站起來，從身後往正在發呆的金花臉頰上溫柔地親一下。

＊

從天國之夢醒來，已是秋日的晨曦帶著寒意照在狹窄屋子的時候。垂掛著滿是塵埃氣味的床帷，像小船似的床鋪上，還殘存著一絲微暗的溫存。在微暗中浮現金花那張半仰著的臉龐，圓圓的下巴被蓋在已褪色到分不出顏色的舊毯子下方，她仍在熟睡中。金花氣色不佳的臉頰上，也許因為昨夜的汗水，油膩膩的頭髮淩亂地黏在臉上。心滿意足的嘴唇微開，從縫中可以看見如糯米般潔白的牙齒。

雖然金花已從睡夢中醒過來，滿腦中還是恍惚在菊花、水聲、燒烤全雞、耶穌基督以及夢境的種種記憶中。不過，隨著床鋪愈來愈明亮，她才清楚意識到那是一場美夢，而現實是昨夜她自己跟一個奇怪的外國人同上這張藤床。

「如果把病傳染給那個人的話……」

金花想到這裡，心情一下子沉重起來，今早如何有臉和他面對面呢？可是，想到一旦醒過來，恐怕無法再見到那張令人留戀的黝黑臉龐，更加令她不堪忍受。一陣猶豫之後，她怯生生地睜開眼睛，環視當下早已十分明亮的床鋪。沒想到除了蓋著她的毯子外，那個酷似十字架上耶穌的人早已無影無蹤了。

「難道那也是一場夢嗎？」

金花飛快拉開帶有汙垢的毯子，立即起身坐在床鋪上。兩手揉揉眼睛後，掀開重垂的床帷，把憂鬱的視線投向屋內。

屋子內清晨的冷冽空氣，近似殘酷地把所有事物的輪廓清晰地描繪出來。陳舊的桌子、已熄的油燈，還有一把倒在地上和一把朝向牆壁的椅子——所有一切依然跟昨晚一樣。不僅如此，散落在桌上的瓜子當中，那個銅製小十字架還散發著黯淡的光。金花眨一眨有些眩目的眼睛，茫然環視四周，淒涼地側坐在淩亂的床鋪上。

「那終究不是一場夢。」

金花一邊如此嘟囔，一邊對那個外國人無法理解的行蹤做出各種揣測。當然不必想也知道，那個人也許趁她熟睡時，悄悄地溜出屋子逃跑了。可是，曾經對自己如此愛撫的他，連一句告別都沒有，就這麼一走了之。與其說讓人難以置信，毋寧說不忍相信。何況她還忘記向那個奇怪的外國人討回約定的十美元。

「難道真的離開了嗎？」

她帶著鬱悶的心情，正要披上扔在毯子上的黑綢上衣。突然，她停住了手，她的臉上漸漸變得生氣勃勃。難道是因為聽到油漆門那邊傳來那個奇怪外國人的腳步聲嗎？還是殘留在枕頭和毯子上的酒臭味，突然喚起昨夜羞恥的記憶呢？不，因為金花在這瞬間，察覺發生在自己身上的奇蹟，那極具毒性的梅毒，竟在一夜之間，消失得乾乾淨淨了。

「這麼看來，那人就是耶穌基督了。」

她不由地翻身下床，穿著內衣跪在冰涼的鋪石上，就像美麗的抹大拉馬利亞跟復活的主耶穌說話般，虔誠地熱切祈禱……

三

翌年春天的某一晚，年輕的日本旅行家再度造訪宋金花，兩人在昏暗的燈光下，隔著桌子對坐。

「怎麼還掛著十字架呢？」

那一夜，他不知何故如此諷刺似地說了這麼一句話。金花立刻露出認真的神情，把那一夜基督降臨南京，治好她的病的神奇故事說給對方聽。

年輕的日本旅行家一邊聽一邊獨自如此思索——

「我認識那個外國人。那傢伙是日本人和美國人的混血兒。記得他的名字叫喬治・莫里。他曾經得意地跟我所熟悉的路透社通訊員，談起自己在南京嫖過一個信仰基督教的私娼，還趁那女子熟睡偷偷溜走的事。上次我來這裡時，剛好跟那傢伙住在上海的同一家旅館，至今還記得他的長相。他總是動不動就自稱是英文報紙的通訊員，其實根本不像個男子漢，真是一個壞傢伙。那傢伙後來因為罹患惡性梅毒，最後終致發瘋，也許就是這女子把病傳染給他的吧！可是，這女子至今還把那個無賴的混血兒當作耶穌基督。我到底應不應該把真相說出來，讓她覺醒呢？還是緘口不言，讓她永遠去作那個西方古老傳說的夢呢……？」

金花說完後，他若有所思般地擦了火柴，抽著香氣濃郁的雪茄菸。接著，故意熱心地追問一個難以回答的問題。

「是嗎。那真是太神奇了！不過——不過，妳之後不曾再復發嗎？」

「對啊！從來沒有。」

金花嗑著瓜子，神情愉快，毫不遲疑地答道。

本篇小說起稿之際，從谷崎潤一郎氏《秦淮一夜》中多所參考。謹附記於此，以表謝意。

輯三 一個人

我在那時候，才得以忘卻那無法形容的疲憊和倦怠，
以及不可解、下等、無聊的人生。

らしょうもん

秋

一

信子還在讀女子大學時，就享有才女的美譽。她早晚會以作家之姿在文壇嶄露頭角，幾乎無庸置疑。傳言說她在大學時代，已經寫了三百多張稿子的自傳式小說。但是大學畢業後，信子處於尚未從女中畢業的妹妹，以及照料她們姊妹倆的寡母之間，總有些不為人知的複雜事，所以她也無法隨心所欲做自己想做的事。因此，在她還沒從事創作小說前，就得依照世間的老規矩，先把自己的婚事訂下來。

信子有一個名叫俊吉的表哥。當他還在大學文科就讀時，已下定決心將來要投身作家行列。信子和這個大學生表哥，自來就親近交往。兩人之間因為有文學的共同話題，所以愈走愈近。不過，他和信子不一樣，對於當時流行的托爾斯泰主義很不以為然，反而愛搬出那套學自法文的嘲諷和警語。俊吉這種冷嘲熱諷的態度，經常將一本正經的信子惹怒。可是生氣歸生氣，但她確實從俊吉的嘲諷和警語中，感受到某種無法忽視的道理。

她讀大學時，經常和他一起去看展覽、聽音樂會。當然，多半時候妹妹照子也會結伴同行。三個人在途中總是毫無顧忌有說有笑，妹妹往往因無法融入話題而被冷落一旁。儘管如此，照子還是很孩子氣似的，邊走邊看櫥窗內的洋傘或絲巾，似乎不曾因為被冷落而有所不滿。每次信子一察覺，便趕緊轉換話題，讓妹妹也能夠跟先前一樣加入談話。但是每次忘記還有照子在場的人，卻也是信子本身。而俊吉對這種事好像毫不在意，他總是依然故我談笑自若，在眼花撩亂的大街上，還是悠哉悠哉大步大步走……

信子和表哥之間的關係，任誰看來都認為他們遲早會結為夫妻。同窗友人對於她的未來，真是既羨慕又忌妒。特別是那些根本不認識俊吉的人（只能說是可笑），更是有那種感覺。信子一方面總是否定大家的推測，另一方面又故意讓眾人覺得確有此事。所以還沒畢業前，同窗友人就已經開始勾勒她和俊吉兩人的身影，儼然就是新娘、新郎的結婚照。

不過，大學一畢業，事情發展完全和大家的猜測相反，信子和一位高商畢業，在大阪某商社任職的青年閃電結婚了。結婚典禮二、三天後，她便和新婚夫婿一起前往任職地的大阪。據當時前往中央車站送行的人所言，信子和平常沒兩樣，依然露出開朗的微笑，一直安慰著頻頻落淚的妹妹照子。

同窗友人都很訝異。然而，這訝異之中，交雜著一種微妙的慶幸以及不同於以往的忌妒情感。有人相信信子，並將這種結果全歸咎於她母親的安排。也有人懷疑她，認為她城府很深。反正各種些解釋都只是猜測而已，連那些局外人本身也都明白這個道理。至於她為什麼沒和俊吉結婚呢？之後的一段日子，大家總把這個疑問當成重大事件般來討論。過了二個月後——大家就把信子忘得一乾二淨了。當然也包括她理當要寫的長篇小說的傳聞。

期間，信子就在大阪郊區，開始建立一個幸福的新家庭。他們的新家座落在附近最幽靜的松林裡。松脂的芳香、陽光以及——丈夫總是不在家的二層樓租屋中，讓她領悟到真真切切的沉默。寂寞的午後，信子的心情總是沒由來地變得很低落，此時她必定打開針線箱的抽屜，展開那封壓在最底層的桃紅色信箋，信上以鋼筆仔細地寫了如下的內容：

——想到今天以後就不能和姐姐在一起了。連寫這些事，我的眼淚忍不住就一直流下來。姐姐，請妳原諒我！姐姐做了這麼大的犧牲，照子在妳的面前，不知該說什麼才好。

雖然妳嘴裡說不是，我非常清楚姐姐是為了我，才答應這門婚事。那一晚，我們一起去帝國劇場看戲，姐姐問我喜不喜歡阿俊。然後又說，如果喜歡的話，姐姐一定會幫忙我嫁給阿俊。我認為那時姐姐應該已讀過我寫給阿俊的信了吧！那封信不見時，我真的很恨姐姐。（請原諒我！光是這件事都讓我感到非常內疚。）因此，那一晚縱使姐姐的話是好意，我聽起來也認為是嘲諷。我很生氣，所以隨隨便便回答，對妳愛理不理。我想妳當然已經忘記了吧！可是二、三天過後，姐姐的婚事突然決定時，就算死了我也要向姐姐道歉。我知道姐姐也喜歡阿俊。（不要瞞我，我很清楚）若不是顧慮我，姐姐肯定會嫁給阿俊。儘管如此，姐姐還多次告訴我，自己不喜歡阿俊。最後，竟然結下這門不是心甘情願的婚事。我最尊敬的姐姐啊！妳還記得今日我抱著雞，向即將前往大阪的姐姐告別嗎？那是我要自己養的雞也要一起向姐姐道歉。這麼一來，連不知情的母親也哭了。

姐姐。明天就要前往大阪了吧！可是，請妳永遠都不要忘記妹妹照子，每天照子在養雞時，也會想起姐姐，偷偷地哭泣……

每次信子讀著這封充滿少女氣的信，眼淚總會不禁奪眶而出。特別是想起在中央車站，上火車之際，照子悄悄把信遞給她時的模樣，不由湧上一種說不出的悲情。然而，她的婚事真如妹妹所想像般完全是犧牲嗎？這個疑惑讓她在流過淚後，心情更加苦悶。信子為避開苦悶，多半都沉浸在愉悅的感傷之中。同時凝望著照射在屋外松林上的陽光，直到漸漸變成黃橙橙的日暮之色。

二

婚後三個月，他們如同所有新婚夫婦般，過著幸福的每一天。

丈夫有些女人氣，是一個不善言詞的人。每天從公司回來，飯後必定陪信子幾小時。信子邊打毛線，邊講些近來坊間引起注目的小說或戲曲等。這些談話當中，也交織些帶有基督教色彩與女大學生所感興趣的人生觀。飯後小酌後，臉頰紅暈未退的丈夫把看過的晚報放在膝上，津津有味聆聽著，不過他從來不曾加入自己的意見。

一到週日，他們幾乎都會前往大阪或近郊的名勝散心。每當信子搭乘火車或電車時，看到關西人不管在哪裡都可以毫無顧慮又吃又喝，心中就很看不起。還好穩重的丈夫，風度好又有品味，讓她覺得很欣慰。實際上，衣著整潔俐落的丈夫，處在那群人當中，無論是帽子、西裝，還是暗紅皮革長筒靴，都散發出一種好似香皂的淡雅清新氛圍。特別是有一次暑假，夫妻倆跑到舞子[1]遊玩，在茶屋遇到丈夫的同事。相較之下，她不由更覺得驕傲和自豪。不過，丈夫對於那些粗鄙的同事們，卻表現出非常親密的態度。

這段日子裡，信子想起放棄許久的創作。於是，只要丈夫不在家時，就坐上書桌寫作一、二小時。丈夫聽聞此事，優雅的嘴角露出輕蔑地微笑，說道：「快要成為女流作家了吧！」其實，縱使信子坐在書桌前，出乎意料地筆下卻難有進展。她往往茫然地手托腮幫，忘我地傾耳聆聽暑熱天松林裡的蟬鳴聲。

時序由殘暑轉為初秋的某一天，丈夫上班前欲換下一個汗臭味的襯領。很不巧

1舞子，位於兵庫縣神戶市垂水區西南部，面臨明石海峽，以美麗海岸有名。

所有的襯領都送洗，家裡沒有能讓他更換的。喜愛整潔的丈夫，立刻垮下臉，十分不悅。他邊拉褲子的吊帶，面露不曾有的嫌惡，說道：「妳光寫小說，我可是很困擾的。」信子默默低頭，替丈夫的上衣拂去塵埃。

二、三天後的某一晚，丈夫從晚報所報導的糧食問題，談到每個月的生活費是否可以節省些。甚至連「妳總不能一直停留在女學生的心態吧！」這種話都說出口。信子邊含糊回答，邊為丈夫的領巾刺繡。然而，丈夫出乎意料地執拗，不斷嘮嘮叨叨說道：「像領巾這種東西，買現成品不是比較划算嗎？」讓她實在不知該如何回答。最後丈夫臭著臉，無聊似地翻閱商業雜誌之類。臥室的燈熄滅後，信子背對丈夫低聲說道：「以後不會再寫什麼小說了。」儘管如此，丈夫仍沉默以對。一會兒，她更加低聲地重複同樣的話。又一會兒，開始傳來啜泣聲。之後，丈夫叱責她兩、三句。她依然斷斷續續地啜泣。不知不覺中，信子緊緊倚偎著丈夫……

翌日，他們重歸舊好，又恢復為一對和睦夫婦。

猛然又想起，有一晚十二點過後，丈夫都還沒回到家。終於回來時渾身酒臭味，醉到連風衣都沒辦法自己脫掉。信子皺著眉頭，俐落幫丈夫換穿衣服。儘管如此，丈夫嘴賤地不忘嘲諷道：「今晚我這麼晚回來，小說應該很有進展吧！」婆婆媽媽地數落。當晚，她一上床不由地淚流不止。如果照子看到了，也會陪著落淚吧！照子！照子！我能依靠的人，只剩妳一個了。——信子不時在心中如此呼喚妹妹，不時被丈夫的酒臭味薰得翻來覆去，整晚幾乎都無法入睡。

不過，翌日，自然而然又重歸舊好。

這種事反反復復中，漸漸進入深秋。不知從何時開始，信子變得很少坐在書桌前寫作。丈夫也不像以前，對她談論文學感到新鮮。他們每晚隔著長火盆，談論瑣碎的家計消磨時間。而且這些事，看來至少是丈夫晚上喝過酒後最感興趣的話題。縱使如此，信子還得可憐兮兮觀察丈夫的臉色。而他卻毫無察覺，邊咬著最近才留起來的鬍子，比平日還開心地說出：「看來該生個孩子囉！」等之類幾經思慮才說出口的話。

從那時開始，每個月都會在雜誌上看到表哥的名字。信子婚後，好像遺忘般不再和俊吉通信。對於他的動靜——大學文科畢業啦！創辦同人誌啦！都是從妹妹的來信中得知而已。除此之外，她並不想更進一步知道他的近況。不過，在雜誌上看到他的小說，親近感一如往昔。她總是獨自翻閱著，不時露出微笑。俊吉在小說中，仍像宮本武藏般使用冷笑和詼諧兩種武器。不知道是不是她過度敏感，總覺得在那種輕鬆的嘲諷背後，潛藏著以往表哥所不曾有的失落和自暴自棄的語調。同時，她也不能不感到愧疚。

此後，信子對丈夫更溫柔體貼。寒夜裡，丈夫坐在長火盆對面，總是看到她開朗地面露微笑。看起來她比以前更年輕，經常略施脂粉。她邊做些女紅，邊聊起當時他們在東京舉行婚禮時的回憶。丈夫對於她記得那麼細微的事感到意外，也很開心。「妳記得可真清楚啊！」——對於丈夫的這種揶揄，信子必定默默不語地拋以媚眼。但是為什麼忘不了那些事呢？她也常常覺得不可思議。

不久，母親來信告訴信子，妹妹已經訂婚了。信中又提到，俊吉為迎娶照子，準備將新房設在山手的郊區。她趕緊寫了一封長長的祝賀信給母親和妹妹。當她寫到「由於當下家中無人手，無法前往參加婚禮……」（不知為何）一而再難以順利下筆繼續寫下去。她抬起頭，眺望屋外的松林。初冬的天空下，一簇簇松林顯得蒼勁又茂密。

當晚，信子和丈夫談起照子的婚事。丈夫露出慣有的微笑，趣味盎然聽她模仿妹妹講話的口氣。然而，她總覺得她只是在告訴她自己照子的事。「啊呀！睡覺吧！」——二、三小時後，丈夫撫摸柔軟的鬍子，疲憊地離開長火盆。信子都還沒決定好送妹妹的賀禮，正以火箸翻動火盆內的灰燼，突然抬起頭說道：「想來也很奇妙，我將多一個妹婿了。」「這是理所當然，因為妳有妹妹嘛！」——丈夫對她如此說，而她只是若有所思看他一眼，什麼話都沒回答。

照子和俊吉在十二月中旬舉行婚禮。當天從近午前，便開始飄起白雪。信子獨自用過午餐後，總覺得魚腥味一直留在口中。「不知道東京是否也下雪了？」——信子如此想著，靜靜地靠在幽暗茶間的長火盆前。雪愈下愈大，而她口中的魚腥味，依然頑強地沒消去……

三

翌年秋天，信子和出差的丈夫，一起踏上久違的東京之地。不過，在短時間內得完成多項公務的丈夫，只在剛抵達時到母親住所露個臉，之後幾乎再沒機會帶信子外出。因此，她去拜訪妹妹夫婦的郊外新家，也是獨自一人從新開發區的電車終點，搭乘搖搖晃晃的車子前往。

他們的屋子位於街道上，靠近蔥田附近。看起來左鄰右舍，都像是專門出租的新房子，一間間排列整齊。有房簷的門、紅葉石楠的矮叢籬笆，還有曬著衣物的竹竿——家家戶戶都一樣。看到這種平凡住宅的模樣，信子多少感到有些失望。

當她敲門時，出來應門的人，出乎意料竟然是表哥。俊吉看到這位稀客，仍像以前開心地叫道：「啊！」她發現不知何時，表哥的光頭造型已經變了。「好久不見。」「快！快進來。不湊巧只有我一個人在家。」「照子呢？不在家？」「有事出門，女傭也不在。」——信子突然莫名其妙地感到不好意思，把有著美麗內裡的外套輕輕地脫下來放在玄關角落。

俊吉把她帶到八張榻榻米大的書齋兼客廳坐下來。屋裡到處都堆滿雜亂的書。特別是被午後陽光照射的拉門旁，那張小小紫檀書桌的周圍，新聞雜誌和稿紙散亂到根本無從整理的地步。其中足以說明這個家有一個年輕妻子，就是壁龕牆上豎著一把新琴而已。信子看著周遭的一切，一時難以將目光收回來。

「從信中知道妳要來，沒想到今天就來。」——俊吉點起菸草，不禁流露出懷念的眼神。「大阪的生活如何？」「阿俊呢？幸福吧？」——信子才和對方交談二、三句話而已，就意識到往昔的情分再度甦醒。雖然未有書信往返，大約兩年的不愉快記憶，比想像中還不致於糾纏著她。

他們邊在同一個火盆烘手，邊聊了許多事。諸如俊吉的小說、共同友人的近況，以及東京和大阪的比較，彷彿有說不完的話題。不過，兩人就像事先說好似的，絲毫不觸及彼此生活上的事情。因此，這讓信子更強烈地想和表哥談話。

兩人交談之間，偶有彼此沉默的時候。此時，她只是面露微笑，目光落在火盆的灰炭上，帶著一種不能說是期望的淡淡期待的心情。不知是刻意還是偶然？俊吉立刻接著找到話題，而且總是能夠滿足她的期待。她不由自主地凝視表哥，他氣定神閒吸著菸草，看不出有什麼特別不自然的神情。

不久，照子回來了。她一看到姐姐，高興得立刻撲過去。信子的嘴角帶著微笑，眼眶含著淚。兩人暫時把俊吉丟在一旁，相互詢問去年以來彼此的生活。特別是臉頰紅潤的照子，眉飛色舞還不忘談起如今仍在飼養的雞群。俊吉叼著菸斗，心滿意足地看著姐妹倆，一如以往地默默笑著。

此時，女傭也回來了。俊吉從女傭手中接過幾張明信片，立刻伏在一旁的書桌，開始動筆疾書。照子對於女傭也不在家，露出頗感意外的神情。「那麼，姐姐來的時候，都沒人在家囉？」「對啊！只有俊吉而已。」——信子如此答道，卻覺得自己好像故作鎮定。俊吉背對著兩人，說道：「妳得感謝妳的老公啊！客人的茶可是我泡的。」照子和姐姐四目相視，惡作劇般「噗哧」大笑出來，卻故意不理睬丈夫，不予回答。

不久，信子和妹妹夫婦倆圍在飯桌上用晚餐。照子說餐桌上使用的雞蛋，全是來自家裡飼養的雞。席間俊吉為信子斟上葡萄酒，一邊賣弄社會主義的理論，說道：「人類靠掠奪而生活，從小如雞蛋開始。」但是三人當中，最愛吃雞蛋的人根本就是俊吉自己。照子說真是太好笑了，就如小孩般放聲大笑。此刻，信子感受到餐桌上的歡樂氣氛，不禁想起遙遠的松林裡，寂寥茶間的傍晚時分。

飯後用完水果，談話仍然意猶未盡。微醺的俊吉，盤坐在長夜燈下，興致勃勃地搬弄他那一流的詭辯。這種議論風發的情景，讓信子一度重返青春年華。她閃著熾熱的眼神，說道：「我是不是該開始寫小說了？」接著，表哥以古爾蒙[2]的警句作為回答：「因為繆斯是女人，能夠自由俘虜她們的只有男人。」信子和照子站在同一陣線，才不承認古爾蒙的權威。「那麼不是女人，就成不了音樂家的意思嗎？阿波羅不是男人嗎？」——照子認真到甚至說出這種話。

談笑之間，夜已深。信子也就住下來了。

睡前，俊吉拉開廊下的一扇拉門，穿著睡衣直接走下狹窄的院子。然後，也沒叫名字就喊道：「出來一下，月亮好美！」信子獨自跟在他後頭，穿上庭院的木屐。沒穿襪子的腳，已能感受秋露的寒冷。

月亮掛在庭院角落，那棵瘦瘠的檜木樹梢上。表哥佇立檜木下，望著微明的夜空。「真是荒煙蔓草啊！」——信子對於荒蕪的庭院感到不安，膽怯地走到他身邊。俊吉依然望著天空，嘟囔道：「十三夜的月亮吧！」

短暫沉默後，俊吉輕輕地把目光轉回來，說道：「去雞舍看看吧！」信子默默地點點頭。雞舍位在和檜木相反的庭院角落。兩人並肩，慢慢走過去。但是圍著草蓆的雞圈內，只有雞的氣味以及朦朧的光影。俊吉向雞舍內探了探，好似自言自語喃喃道：「正在睡吧！」信子佇立在雜草中，不得不認為他說的是——「被拿走雞蛋的雞，正在睡吧！」……

兩人從庭院返回時，照子坐在丈夫的書桌前，茫然望著電燈。望著那盞有一隻綠色葉蟬爬在燈罩上的燈。

---

2 古爾蒙（Remy de Gourmont），法國詩人，為法國後期象徵主義詩壇的領袖。

四

翌日早餐後，俊吉穿上最好的西裝，走到玄關。說是要去參加亡友的周年忌。「知道嗎？要等我。中午前一定趕回來。」——當他穿上外套，如此叮嚀信子。不過，她只以纖細的手捧著他的禮帽，默默地微笑而已。

照子送走丈夫後，招呼姐姐坐到長火盆對面，勤快地端茶過來。聊著鄰家太太的事、記者採訪的事，還有跟俊吉一起去觀賞外國歌劇的事——那些種種開心的話題，她好像永遠敘說不完似。可是，信子的心情卻很鬱悶。她猛然察覺自己只是坐在那裡，心不在焉地回答。後來，照子終於也發現了。妹妹擔心地注視著她的臉，問道：「妳怎麼了？」其實，信子自己也不清楚到底怎麼了。

時鐘敲了十響時，信子抬起慵懶的眼睛，說道：「阿俊怎麼還不回來啊？」照子也隨著姐姐的話，仰頭看一眼鐘，卻意外冷淡只答了一句：「老毛病又來了……」信子感受到這句話中，有新婦對丈夫的愛所流露出的心滿意足。想到這裡，她的心情不由更加鬱悶。

「阿照，好幸福喔！」——信子把下巴埋在衣領中，半開玩笑說道。不過，當中的羨慕之情，無論如何也隱藏不住。照子卻天真無邪似的，興高采烈地笑著，再拋個媚眼，說道：「是啊！」接著，撒嬌般補上一句：「姐姐自己也很幸福啊！」這句話正重重地觸痛了信子。

信子輕輕抬頭，反問道：「妳真的這麼認為嗎？」信子問完後，馬上就後悔了。照子露出莫名其妙的表情，和姐姐四目相視，她的神情也難掩後悔之情。信子硬擠出笑容。——「只要妳這麼認為，我應該就是幸福。」

姐妹倆陷入沉默之中。只有擺鐘一分一秒移動的滴答聲，以及長火盆上水壺的沸騰聲，無心去聽卻聽得分外清楚。

「聽說姐夫不是很體貼嗎？」——過一會兒，照子小心翼翼地低聲問道。聲音中明顯帶有同情的意味。但是在這種情形下，不如說信子最反感的就是被同情。她的眼睛盯著攤在膝蓋上的報紙，故意默不吭聲。報紙的內容和大阪一樣，也在報導米價問題。

安靜的客廳裡，微微可以聽到有人的哭泣聲。信子的眼光從報紙移開，發現坐在長火盆對面的妹妹以衣袖掩面而泣。「不要哭，好不好？」——雖然姐姐已經在安慰，照子依然止不住繼續抽噎。此時的信子竟有種殘酷的愉悅，無言地注視著妹妹哭得肩膀顫動。為了怕被女傭聽到，信子看著照子的臉，低聲繼續說道：「如果有說錯話，我向妳道歉。只要阿照幸福，我比什麼都高興。真的！只要阿俊能夠好好愛阿照……」說著說著，連她都被她自己的話所感動，聲音中漸漸帶著感傷。然而，阿照突然放下衣袖，抬起淚流滿面的臉。出乎意料之外，看不到她眼中有任何悲傷或憤怒。只有壓抑不住的嫉妒之火，在瞳孔中熊熊燃燒。「既然如此，那麼姐姐……姐姐昨晚為什麼還要……」照子話都沒說完，又把衣袖掩住整張臉，歇斯底里地開始放聲大哭……

二、三小時之後，信子急著要趕到車站，坐上搖搖晃晃的篷車。她能看見的外面世界，只有透過前方車篷的四角賽璐珞窗而已。偏僻郊區的屋子和染上秋色的樹梢，緩緩地從窗外持續不斷地略過。若說其中有一動也不動的，那就是薄雲飄浮的冷冽秋空。

此時，她的心情平靜。不過支撐這種平靜心情，只是寂寥的看淡一切。照子大哭後，和解伴隨著新淚水，兩人很快又是重歸舊好的姐妹。但是，事實就是事實，這個疙瘩仍然無法從信子心中抹煞掉。她不等表哥回來就置身在這車上時，和妹妹已經永遠成為外人的心情，在她的心中已牢固地結成一層冰。

信子驀然抬起頭。此時，竟然看到賽璐珞的窗子外，表哥挾著手杖走過雜亂的街町。她的心開始動搖。到底該停下車，還是就此擦身而過？她壓抑自己的激動，坐在車篷內猶豫不決。眼看著俊吉和她的距離愈來愈近。秋日淡淡的陽光照在他的身上，緩緩走在到處是水窪的街上。

「阿俊！」——幾乎從信子嘴巴叫出聲的瞬間。實際上，這時俊吉那熟悉的身影已經在她的車旁。可是，她又躊躇了。不知情的他，終究和篷車擦身而過。微陰的天空，稀疏的屋舍，高木上染黃的樹梢——還有就是行人稀少的偏僻郊區的街町而已。

「秋天……」

信子在有幾分寒意的車篷中，深切感到一身的失落，情不自禁道出。

礦車

小田原到熱海之間開始鋪設輕便鐵路工程，是在良平八歲的那一年。良平每天都會跑到村外去觀看鋪路工程。所謂工程——其實也不過就是以礦車運土而已，不過良平正是對此有興趣，所以才跑去看。

礦車裝滿土後，會有二個土方工人站在上面。由於礦車順著山勢往下走，所以無需借助人力。當礦車晃動底座出發，土方工人的上衣下擺隨風飄揚，窄窄的軌道彎彎曲曲——良平眺望著那副情景，也很想去當個土方工人。礦車一抵達村外的平地，自然就在那裡停下來。與此同時，土方工人敏捷地從礦車上跳下來，把車上的土傾倒在軌道的盡頭。接著推著礦車，開始朝剛剛下來的那座山的方向又推上去。此時良平心想，縱使不能乘坐礦車，要是能推一下它也是好的。

某一天傍晚——那是二月的上旬，良平帶著小他兩歲的弟弟，以及和弟弟同齡的鄰家小孩，一起來到擺放礦車的村外。滿是泥土的礦車，並排在昏暗的光線中。除此之外，見不到任何一個土方工人的影子。三個孩子戰戰兢兢地去推最外頭那輛礦車。礦車在三人合力推動下，車輪突然發出「咕嚕」的響聲就晃動起來。良平被這一響聲，嚇得直冒冷汗。不過，聽到第二次發出響聲時，他已經不害怕了。「咕咚、咕咚」——隨著礦車這種響聲，三個人用力不斷推，礦車就慢慢被推上軌道了。

不久，礦車跑了約有二十公尺，軌道的坡度突然變得奇陡無比。無論三個人怎麼用力推，礦車就是一動也不動。該怎麼辦才好，搞不定的話，說不定會連人帶車滾。良平一看覺得已經可以了，於是對著比他年紀小的兩個人發號施令。

「喂！上車吧！」

他們手一鬆，飛快跳上礦車。最初礦車只是緩緩而行，後來衝勁愈來愈強，順著軌道一口氣就衝下去。沿途的風景，忽然就像被分成兩半，在眼前向兩側完全展開。晚風撲面而來，腳底下是飛舞的礦車——良平真是歡天喜地，開心極了。

不過，礦車在二、三分鐘後，回到原來的地方嘎然停下。

「再來一次吧！」

良平帶著比他年紀小的兩個孩子，打算再次把礦車往上推。但是車輪都還沒開始轉動，突然從他們背後，傳來不知是誰的腳步聲。不僅如此，才剛聽到腳步聲，立刻變成勃然大怒的叫罵聲：

「你們這些野孩子，誰讓你們碰礦車？」

有一個高大的土方工人站在那裡，身著陳舊的上衣，戴著一頂不合時節的草帽。——一看到這個人，良平帶著兩個比他年紀小的孩子，一口氣逃跑到約十公尺外。從此以後，良平因事經過，縱使看到礦車停在無人的工地裡，也不敢再去碰車子了。對於當時那一個土方工人的模樣，至今仍然清楚地留在良平腦海中的某處。傍晚的暮色中，那一頂小小的黃色草帽。——不過，就連這樣的記憶，還是隨著一年一年漸漸模糊了。

之後又過了十來天，良平獨自一個人，佇立在午後的工地，眺望礦車駛過來。除了一輛裝滿泥土的礦車外，還有一輛載著枕木的礦車，正沿著應該是幹線的粗軌往上爬。推著礦車的是兩個年輕的男人。良平看到他們，總覺得有一股平易可親的親切感。「像這種人的話，應該不會罵我吧！」——他邊想邊跑到礦車旁。

「叔叔，要不要我幫忙推呢？」

其中一個——身穿條紋衫正埋頭推草的男人，果然如他所料，頭也沒抬即爽快地回答。

「好啊！來幫忙推一下吧！」

良平站在兩人之間，使勁用力開始推。

「看不出你這小鬼還挺有力的！」

另一個人——把捲菸夾在耳朵上男人，如此讚美良平。

其間，軌道的坡度漸漸變得和緩。「可以不必再推了。」——良平心中有些忐忑不安，他們該不會對自己這樣說吧？不過，兩個年輕的工人只是把腰稍微挺直些，仍然默默地推車。良平終於忍不住怯生生問道：

「我可以一直幫忙推車嗎？」

「當然可以呀！」

兩人不約而同回答道。良平心想他們「真是好人」。

他們持續推了約有五、六百多公尺，軌道再度遇上陡坡。那一帶兩側都是橘子園，見到不少黃澄澄的果實沐浴在陽光下。

「還是上坡路好，這樣我就可以一直幫忙推車。」——良平邊想邊使盡全力推車。

在橘子園之間爬到最頂點後，軌道又急速成為下坡。穿著條紋衫的男人，對良平說：「上車吧！」良平一聽，立即跳上車內。三人乘上礦車的同時，礦車已扇動橘子園的香氣，並飛快地從軌道往下滑出去。「坐車遠比推車快樂多了。」——良平任憑自己的上衣鼓滿風，想著一件理所當然的事情。「去程推車推得愈遠，回程坐車就坐得愈久」——良平還這麼想著。

礦車來到一處竹林，就慢慢地停了下來。三個人又像剛才一樣，開始推起沉重的礦車。不知什麼時候，四周的竹林已經變成雜樹林。緩緩的上坡路到處都是落葉，已生鏽的軌道被落葉覆蓋到幾乎看不見。好不容易終於爬完坡道，站在高高的山崖上，對面一片帶著寒意的遼闊大海就在眼前展開。與此同時，良平的腦中突然清晰地閃過一個念頭，自己走得未免太遠了。

三人又坐上了礦車。車子的右邊是海，一路在雜樹林下往下滑行。但是良平不再像剛才一樣，感到趣味盎然。「如果能回家就好了。」——他甚至開始產生這種念頭。不過，他當然也很清楚，假如沒有抵達目的地，無論是礦車還是他們三個人都無法返回來時的路。

車子接下來停靠的地方，是一家鑿山闢建，有著茅草屋頂的茶店前頭。兩個工人進入店內，跟背著幼兒的老闆娘一邊聊一邊悠然地喝起茶。良平獨自一人焦慮不堪，環視著礦車的周圍。他發現濺在堅固底座板子上的泥巴都已經乾了。

不久，耳朵夾著捲菸（這時已經沒有捲菸）的男人從茶店走出來，遞給站在礦車旁的良平，一包用報紙包著的糖果餅乾。良平冷淡說了聲：「謝謝」。他繼之一想，覺得自己太冷淡，未免太對不起對方。良平為掩飾自己的冷淡，趕緊拿起一塊餅乾塞進嘴巴。果然就是包在報紙的餅乾，散發出一股油墨味。

三個人又開始推著礦車，往緩緩的斜坡爬上去。雖然良平的手搭在車上，心裡卻想著其他的事。

一直沿著山坡往下走到底，又有一家茶店。土方工人進去後，良平坐在礦車上，一心一意只想趕快回家。茶店門前的梅花已盛開，照射在梅花上的夕陽正逐漸消逝。「天快黑了。」——他邊想邊開始坐立不安。他踢了車輪一腳，明知道自己一個人動不了礦車卻又忍不住推推看。——那也不過就是想消除心中的不安。

不過，土方工人一走出來，手搭在枕木上，毫不在意地對他說道：

「你該回家了。我們今晚要住在那邊。」

「太晚回去，家人可是會擔心的。」

一時之間，良平傻住了。天色已漸暗了，儘管去年底曾經跟母親來到岩村，可是今天的路途比起那時還要遠上三、四倍，何況又不得不獨自一個人走回家。——良平立刻感受到事情的嚴重性，急得幾乎要哭出來。但是，心想哭也解決不了問題，現在也不是哭泣的時候。他不自然地向兩個年輕工人鞠躬後，拼命地沿著軌道奔跑。

良平不顧一切地沿著軌道跑了一陣子。因為覺得身上的那包糖果餅乾礙手礙腳，就把它扔到路旁，順手連腳下的木屐也脫下來扔掉。雖然碎石子直接扎在穿著襪子的腳底，不過感覺上不穿木屐的腳輕快多了。他能感覺左邊是海，就這樣往陡坡爬上去。有時淚水不時湧上來，整張臉自然扭曲成一團。——無論他怎麼堅強忍耐，鼻子卻還是忍不住抽搭起來。

穿過竹林後，晚霞滿天的日金山，光芒幾乎消失殆盡。此刻的良平愈來愈焦慮不安。也許是來程和回程的情況不同的緣故吧，景色的差異也令他感到不安。他身上的衣服已經被汗水濕透了，可是他仍然拼命地不停奔跑，後來索性把上衣也脫掉扔到路邊。

來到橘子園時，天色已全黑了。「只要能夠保住一條命……」良平抱著這個想法，無論滑跤或是被絆倒，總是再爬起來繼續往前奔跑。

終於看到遠方的黑暗中，那個位於村子外頭的工地時，良平很想放聲哭泣。儘管已是一張哭喪臉的模樣，終究還是忍住而沒有哭出來，繼續往前跑。

當他踏進村子一看，道路兩旁的家家戶戶已點上燈火。良平清楚感受到燈光下，自己滿頭大汗的頭頂上正冒著熱氣。無論是在井邊汲水的婦女，還是從田裡耕作回來的男人，看到良平氣喘吁吁奔跑的樣子，都忍不住問道：「喂！發生什麼事？」然而他默不吭聲，一路從雜貨店、理髮店這些燈火通明的屋子前跑了過去。

當他跑進家門口時，良平終於忍不住「哇」地放聲大哭。聽到那哭聲，父親與母親都趕緊跑到他身邊。尤其是母親一邊安慰他，一邊摟住良平的身體。良平卻以手以腳掙扎著，繼續不停地啜泣。也許是他哭得太激動吧，附近三、四個婦女，也聚集到良平昏暗的家門口。父母親就不必說了，其他人也一直問他為什麼要哭？不過，無論別人怎麼問，他還是一個勁猛哭。從那麼遙遠的地方一路跑回來，一回想起心中的恐懼，無論怎麼放聲大哭都無法釋懷……

良平二十六歲那一年，帶著妻子一起來到東京。現在，他正在某雜誌社的二樓，手握紅筆做著校稿的工作。不過，他經常會沒來由地想起當時的那一段往事。果真完全是沒來由嗎？——世間的操勞使良平疲憊不堪，至今他眼前浮現出一條道路，宛如當時般，是一條竹林昏暗、高低起伏的道路，斷斷續續、細細長長……

雛人偶

一對雛人偶，從箱內出現時，怎忘記擺出儼然臉孔？

——蕪村[1]

這是某老婦人的故事。

……已經約定在十一月把雛人偶[2]賣給住在橫濱的美國人。紀之國屋是我家的店名，父祖幾代都是經營為各諸侯籌措資金的錢莊，特別是號為紫竹的祖父，更是

1與謝蕪村，俳號「蕪村」，江戶時代的俳人、畫家。

2雛人偶為日本女兒節（三月三日）時，為祈願家中女孩健康成長，都有擺放人偶的習俗，整套雛人偶分為七層，有天皇、皇后、宮女、樂師、侍從、衛士等。

一個懂得情趣的風雅之士，因此家中那套雛人偶傳到我的手中時，看得出仍然十分精美細緻。舉例來說，擺在最高一層皇居內的皇后人偶，頭冠上的瓔珞中裏有珊瑚，而天皇人偶的絲質腰帶上交替繡有精緻的表紋和裡紋，這套雛人偶就是這麼考究。

但是傳到了我的父親，也就是第十二代紀之國屋伊兵衛，已到了連這套雛人偶都不得不出讓的地步，大概可以推測出我家當時的經濟狀況有多麼拮据。無論怎麼說，自從德川幕府瓦解後，諸侯當中也只有加賀藩降低稅賦。但那也不過是從三千兩的稅賦，減少僅僅一百兩而已。而且因幡藩借走四百兩，竟只拿出一只赤間石硯作為抵押。之後，加上家中遭逢二、三次祝融之災。經營蝙蝠傘的生意也不如預期順利，所以為能讓一家人溫飽，那時家中比較像樣的家當也都慢慢變賣掉了。

這時，勸父親把雛人偶賣掉的是一家叫丸佐的古董商……不過老闆人已經過世了，那是一個禿頭的人，恐怕沒有人比丸佐家老闆的禿頭樣子更為滑稽可笑了。他的頭頂中央有一塊好像貼著臭藥膏的刺青，據他本人說那是年輕時候為掩飾微禿的頭頂，特地請人刺上去的，沒想到後來整個後腦門部分也都禿光了，就只留下腦門上那塊刺青。……總之，當時我才十五歲，雖然丸佐老闆多次勸說，父親總是不肯放手把雛人偶賣掉。

最後，逼得不能不賣掉的是我哥哥英吉……同樣地現在他也已經過世了，不過那時候他還只是一個衝動、好強的十八歲年輕人。哥哥算是文明開化的人吧！總是英語讀本不離身，是一個喜愛政治的年輕人。只要一提起雛人偶，他就輕蔑地說什麼女兒節根本就是陋習，擺那種毫不實用的物品又能如何？哥哥為此和注重傳統的母親不知爭吵過多少次。但是只要把雛人偶脫手後，至少也能湊合地度過那個年關，因此母親也不便在為了調度資金而焦頭爛額的父親面前固執己見。如前所述，雛人偶已經決定在十一月中旬賣給住在橫濱的美國人了。什麼？問我那時有什麼想法？雖然少不了一番抱怨，不過我原本就是一個大剌剌的女孩，所以也不覺得特別感傷。何況父親說把雛人偶賣掉後，要買一條紫色緞布腰帶給我……

當這件事情說定的翌日晚上，丸佐老闆從橫濱回來，特地來到我家。

我家在第三度遭逢火災後，就沒有重建了。一家人住進倖免於火災的倉庫內，然後往外搭出一個店面來。那時原本就是倉促間開了一家藥舖，所以只有一個寫著正德丸、調經湯、去胎毒散——等之類藥名的金屬招牌及一座藥櫃。對啦，還有一盞無盡燈。……這麼說，大家多半不知道那是什麼吧！所謂無盡燈，就是以菜籽油代替煤油的一種老式的油燈。說起來很好笑，直到現在我只要一聞到藥材的氣味，像陳皮、大黃的味道，立刻就不由得想起無盡燈。是的，那一晚無盡燈也是在飄著藥材氣味中，散發出昏暗的燈光。

頂著禿頭的丸佐老闆和終於剪掉髮髻的父親，中間隔著無盡燈對坐。

「這是全部金額的一半。……請您點收。」

寒暄一陣後，老闆拿出包在紙內的錢。也許是約定好那天交付訂金吧！父親把手放在火爐上方，默默地鞠躬致謝。這時候，剛好母親叫我端茶出去。當我正在奉茶時，突然聽到丸佐老闆大聲說道：「這不行，這不行。」我以為是在說我不行端茶，呆呆站住一看，原來在老闆的跟前有另一包用紙包著的錢。

「實在微薄，不成敬意……」

「您的心意我心領了。請您把這留著吧……」

「啊呀！……請勿見笑了。」

「您就別說笑了。老爺這樣才讓我尷尬！我們又不是外人，從老太爺以來，丸佐不就是一直受到您們的照顧嗎？請不要講出這般見外的話，這還請您收起來。……啊！小姐。妳好！喲喲，今天梳蝴蝶髮髻，真是漂亮啊！」

我漫不經心聽了這些對話後，就回到倉庫了。

倉庫有十二張榻榻米大吧！原本算是相當寬敞，多了衣櫃、長形火爐、收納櫃，還有置物架——因為擺上這些傢俱，所以覺得有些狹窄。在這些家當裡，最引人注目就是那三十幾個桐木箱。如果不說出來，您也不知道。那些箱子裝的就是雛人偶。為方便隨時能夠拿走，所以堆在靠窗的牆壁。由於無盡燈拿到店裡去，因此倉庫內只點著燈光朦朧的紙燈籠——借助這種紙燈籠的燈光，母親正在縫藥袋，哥哥坐在小小的舊書桌前，邊讀邊查英語讀本之類的書。這一切如同平日，絲毫沒改變。不過，猛然看了母親一眼，雖然母親的手上動著針線，但低頭伏目的睫毛裡頭已經淚水盈眶。

當我出去端茶回來，滿心希望得到母親的稱讚……這麼說好像有些誇張，不過也不能說沒有這種期待。也許因為看到母親的淚水吧，與其說我是悲傷，還不如說是不知該如何是好。為盡可能避免看到母親的眼淚，我便坐在哥哥的旁邊。這時候，哥哥英吉突然抬起頭。哥哥有點詫異地看看母親，又看看我，隨後露出詭異的笑容，又繼續讀他的英文書。我從來不曾像那一刻，如此痛恨這個自以為文明開化的哥哥。他看不起母親——我一味地這麼認定。我冷不防使盡全力，往哥哥的背後打下去。

「做什麼?」

哥哥惡狠狠地瞪著我。

「我要打你!我要打你!」

我忍不住哭出聲音,一邊打著哥哥。那時候,我在不知不覺中全然忘記哥哥是一個脾氣暴躁的人。就在我舉起的手還沒打下去之時,哥哥一巴掌打在我臉上。

「不明是非的小妮子!」

我當場放聲大哭。與此同時,一把尺從哥哥的身上落下。哥哥隨即氣勢洶洶地激烈反抗,母親也不示弱地帶著顫抖的聲音低聲理論。

在這爭吵當中,我還是懊惱地哭哭啼啼。當父親送走丸佐的老闆,手持無盡燈從店鋪走到倉庫。……不,不僅是我。連哥哥一看到父親的臉色,突然也閉上嘴默不吭聲。對我而言,沉默不語的父親,比當時凶狠狠的哥哥更可怕……

那一晚,事情皆已談定,等月底收下剩餘的一半金額,同時就要將雛人偶交給住在橫濱的美國人。什麼?你問賣了多少錢嗎?如今想起來,真是不可思議,確實就只有三十圓。不過,按照當時的物價看來,無疑還算是不錯的價錢。

不久，距離送走雛人偶的日子愈來愈接近。就如我前面曾說過，我對於要把雛人偶賣掉並不覺得特別悲傷。不過，隨著日子漸漸逼近，不知不覺我開始感到即將要和雛人偶分離的難過。儘管還只是一個孩子，我也不至於任性到想把約定要賣掉的雛人偶一直留在自己的家中。我只是很想在交出去之前，能夠再看雛人偶一次。皇居內的天皇、皇后人偶，五人組的樂團人偶，左側的櫻樹，右側的橘樹，紙燈籠，屏風，蒔繪道具——我想把這些擺在那間倉庫裡，再看一次——但是無論我怎麼央求，生性固執的父親就是不肯答應。「一旦收下訂金，無論擺在哪裡，那都是別人家的東西。」——他如此說道。

那是快到月底，刮大風的某一天。母親不知是因為感冒，還是嘴唇上長出一顆穀粒大的腫瘡的緣故，說是身體不舒服，連早飯都沒吃。我和她一起收拾好廚房後，母親一手擱在額頭上，只是一直俯向著火爐。不久，已快到正午時分，她忽然抬起頭。我一看母親那個腫瘡已經腫得像一顆紅番薯。而且一看她那雙閃爍異常光輝的眼睛，就知道母親正在發高燒。我看到後，當然驚嚇不已，不顧一切衝出去找父親。

「爸爸！爸爸！媽媽不得了了。」

父親……連在那裡的哥哥也跟著父親一起走進去。可能被母親那張可怕的臉嚇呆了吧！連平日低調的父親也一片茫然，一時之間連話都說不出來。母親卻硬擠出微笑，如此說道：

「啊呀！不是什麼大不了的事。就是不小心被指甲抓破臉而已。……我還要趕快準備午飯。」

「不要逞強。午飯讓阿鶴去做就可以了。」

父親半斥責地打斷母親的話。

「英吉！趕快去請本間大夫來！」

哥哥一聽，迅如一陣風般拔腿衝出店外。

本間大夫是一名中醫——不過哥哥認為他是庸醫，一直都看不起他。當他替母親看病時，哥哥始終都是雙臂交錯，半信半疑地冷眼旁觀。本間說母親臉上長的是面瘡。……所謂面瘡，原本也不是什麼惡疾，只要動手術割掉就好。然而，可悲的是當時根本無法動手術。只能煎藥喝，買水蛭來把傷口的血吸掉——父親每天守在母親的床邊，依照本間大夫的藥方煎藥。哥哥每天拿十五錢，出去買水蛭。我也……我瞞著哥哥，跑到最近的稻荷神社虔誠祈願母親早日康復。——因為發生這種事，所以無暇顧及雛人偶。不，一時之間，全家人連看也沒去看一眼堆在牆邊那三十來個桐木箱。

然而十一月二十九日——已經到了和雛人偶離別的前一天。我一想到今天是和雛人偶在一起的最後一天，真的忍不住想打開箱子再看雛人偶一眼。不過，我知道自己無論如何央求，父親還是不會答應。嗯，請母親替我求情！——雖然我立刻想到這辦法，但如今母親的病比以前更嚴重了，除了喝一點米湯外，什麼都吃不下去。尤其最近，摻著血絲的膿不斷流進她的嘴巴。看到母親這種情形，再怎麼不懂事的十五歲小女孩，也提不起勇氣說要把雛人偶擺出來。我從一大早就守在母親的床邊，觀察她的心情，直到下午的點心時間都沒能將自己的心願說出口。

但是，在我眼前的鐵絲網窗下，正是堆放那些裝著雛人偶的桐木箱。今晚一過，那些裝著雛人偶的箱子，就要被送到遙遠橫濱的外國人家中……最後說不定會渡海到美國。想到這裡，愈來愈無法忍受了。我趁著母親熟睡時，悄悄跑到店裡。雖然店裡的日照不好，但比起倉庫，至少還能看得到路上的行人，感覺上明朗多了。當時，父親正在核對帳目，哥哥則是認真地把甘草之類的藥材放進藥碾。

「爸爸，因為是我最大的心願……」

我一邊觀察父親的神情，一邊說出自己的願望。可是父親豈止不答應，連理都不理我。

「這件事，上次不是已經說過了嗎？……喔，英吉！今天趁著天色還亮時，你去丸佐一趟。」

「去丸佐？……要老闆來嗎？」

「麻煩他幫忙買一盞油燈……你就順便帶回來。」

「可是，丸佐又沒賣油燈啊？」

父親根本不理我，露出難得的笑容說道：

「又不是買燭台之類……只是拜託他幫忙買一盞油燈。由他買的話，應該會比我買的還好吧！」

「這麼說，以後我們家不用無盡燈了嗎？」

「生意不好的時候才用吧！」

「對啊！古老的東西本來就應該一樣一樣淘汰。不管怎麼說，點上油燈的話，媽媽的心情也會變得比較開朗吧！」

父親說完這些話，又低頭打起算盤。人家不理會我的願望，反而讓我想實現願望的念頭變得更強烈。我再度從背後搖一搖父親的肩膀。
「爸爸！好不好啦！」
「不要囉嗦！」
父親連頭也不回，突然罵我一句。不僅如此，連哥哥也不懷好意地瞪著我看。我整個人像洩了氣般，又悄悄地回到屋裡。不知什麼時候，母親已經睜開眼睛，凝視著搭在自己臉上的手掌。看到我走進來，出乎意料清醒地問道：
「妳爸爸罵妳，是不是？」
我不知該如何回答，只是一味玩弄床邊的藥匙。
「又說了不該說的話，對不對？」
母親盯著我看，好像很為難地繼續說道：
「現在我的身體這個樣子，凡事都靠妳爸爸一個人張羅，妳要乖一點。隔壁家的女兒常去看戲，妳也一起……」
「我不想看戲……」
「也不只是看戲，像髮簪、半襟，有很多妳想要的東西也都可以看看啊……」
我聽到母親這麼說，不知是懊惱還是悲傷，終於忍不住眼淚撲簌撲簌掉下來。

「媽媽！我……什麼都不要，我只要在雛人偶送走前……」

「雛人偶？在雛人偶送走前？」

母親眼睛睜得更大，注視著我。

「就是在雛人偶送走前……」

突然間，我有一點說不出口。話到一半，忽然發現哥哥英吉不知什麼時候站在我後方。哥哥露出看不起我的表情，仍然冷酷無情地說道：

「妳這不懂事的小妮子！雛人偶又怎樣？忘了剛剛被爸爸罵的事嗎？」

「好了，不是沒事了嗎？不要那麼凶巴巴。」

看起來母親很煩地閉上眼睛。但是哥哥根本就聽不進去母親的勸告，還是繼續罵道：

「都十五歲了，怎麼一點道理都不懂？不過就是雛人偶罷了！有什麼好捨不得的呢？」

「多管閒事！那又不是哥哥的雛人偶！」

我也不甘示弱地反駁。剛開始還跟以前一樣，你一句我一句的爭吵，沒想到後來哥哥竟然抓住我脖子後的頭髮，把我打倒在地，還罵道：

「野丫頭！」

假如不是母親阻止的話，肯定又會被他猛打二、三下吧！母親從枕頭上半抬起頭，邊喘氣邊對哥哥罵道：

「阿鶴什麼錯都沒有，你怎麼這樣對待她呢？」

「怎麼跟她說，都不聽。」

「不是，你憎恨的不只是阿鶴吧？你……你……」

母親眼中帶淚，看起來很懊惱，好幾次欲言又止。

「你憎恨的人是我，對不對？否則為什麼明明知道知道我在生病，偏偏要把雛人偶……要把雛人偶賣掉，還這樣欺侮阿鶴。……假如不是恨我，不應該會這樣啊？對不對？你為什麼憎恨我呢……？」

「媽！」

哥哥突然叫了一聲，就站在母親的病床邊，把臉埋在雙肘裡。後來父親、母親過世，也不曾掉一滴淚的哥哥——長年為政治奔波，直到最後被送進瘋人院，從來不曾讓人看過他有絲毫的膽怯——這樣的哥哥，那時候竟然開始啜泣起來。這對於當時情緒正處於激動中的母親，想必也感到很意外吧！母親深深嘆一口氣，把想說的話吞回去，又靠在枕頭上……

經過這場爭執，約一小時之後吧！好久沒來店鋪露臉的魚販德藏。不，不是魚販。以前曾經是魚販，現在則是人力車的車伕，是經常出入家中的年輕人。這個德藏不知鬧過多少笑話。其中我還記得的是跟姓氏有關的笑話。德藏也是在明治維新以後才有姓氏，當時他可能認為既然要取一個姓，當然得取一個了不起的姓吧！所以就自取為「德川」。不過，跑到戶政事務所登記時，被罵到狗血淋頭。依據德藏的說法，對方憤怒的模樣，簡直就像要把他拖出去問斬。話說那一天，德藏拉著當時畫有牡丹和唐朝獅子圖案的人力車，神情輕鬆地來到店鋪。原本以為他有什麼事才來，他卻說：「趁著今天沒客人，想載小姐從會津原一帶到磚屋大街去逛一逛吧！」

「想不想去呢？阿鶴。」

父親故意一本正經望著跑到店外去看人力車的我。現在的孩子坐上人力車，大約也沒什麼好開心的吧！不過，當時的我們就像搭汽車般興奮。話說回來，母親正在生病，尤其剛剛又發生那一場爭執，我實在有些說不出自己很想去。

我依然一副無精打采的模樣，低聲說道：

「想去。」

「那就去問媽媽，告訴她人家德藏的一片好意。」

母親果然如我所想，閉著眼睛露出微笑，說道：「太好了！」那個壞心哥哥恰巧不在家，到丸佐古董店去了。那一刻我好像忘記自己剛剛才大哭一場，趕緊上了人力車。我把紅毯子放在膝上，人力車的輪子開始「咕嚕咕嚕」響起。

當時看到的風景也沒必要一一多贅言。只是至今我仍記得那時候德藏所叨念的牢騷。德藏載著我，快到磚屋大街時，差一點撞上迎面而來的一輛西洋女人搭乘的馬車。儘管沒有發生任何不幸，他仍懊惱地咋舌說道：

「這樣不行啦！小姐的體重太輕，車伕的兩條腿想停都停不住。……小姐，拉你車的車伕很可憐呀！二十歲前就別再搭人力車吧！」

人力車經過磚屋大街，轉進回家方向的巷子。忽然，路上遇到哥哥英吉。哥哥手上拎著一盞煤燻成竹子圖案的油燈，正急匆匆趕路。一看到我便舉起油燈，做出一個「等一下」的手勢。不過，德藏的動作更敏捷，邊轉動車轅，邊把車停在哥哥身旁。

「辛苦了。阿德，你們要去哪裡？」

「呵，今天載小姐出來遊江戶。」

哥哥露出苦笑，走到人力車一旁，說道：

「阿鶴，妳先幫我把油燈提回家。我還要去趟煤油鋪。」

我想起剛剛才跟他大吵一架，所以默不吭聲，只是伸手把油燈接過來。哥哥掉頭就走，不料急忙又轉回頭，把手搭在人力車的擋泥板上，說道：

「阿鶴，妳不要再跟爸爸提起雛人偶的事了。」

我依然默不吭聲。心中暗忖，那樣欺侮我，是不是又想怎樣了？但是，哥哥絲毫不介意，繼續低聲說道：

「爸爸不讓妳再看那些雛人偶，不只是因為收下人家的訂金。也怕愈看會愈捨不得——妳也要替他想一想，好不好？明白嗎？明白嗎？不要再像剛才一樣吵著說想要再看一次。」

我感受到哥哥的聲音中一種不曾有過的溫柔。不過，世界上再沒有比哥哥英吉更奇怪的人了。明明才以充滿感性的語氣對我說話，忽然又恢復平日模樣，語帶威嚇地說道：

「假如不乖乖聽話就隨便妳，但是給我小心點，會讓妳很難過。」

哥哥凶巴巴地撂下狠話，也沒跟德藏打聲招呼，又匆匆不知要到哪裡去了。

這是發生在那一晚的事情。當我們一家四口圍在倉庫的飯桌上用晚餐。其實，母親只是躺在床上微微揚起頭而已，不能算在圍著飯桌的人數當中。但是我覺得那一晚的晚餐，比以往任何時候都明亮、開朗。因為閃亮的新油燈的燈光，已經取代昏暗的無盡燈了。哥哥和我趁著進餐的空隙，總忍不住看一下油燈。可以看見煤油的玻璃壺形燈，守護火焰不讓它胡亂搖晃的燈罩——如此美麗又珍奇的油燈！

「真亮！簡直就像大白天。」

父親回頭看著母親，滿意地說道。

「實在亮到讓人眩目啊！」

母親如此說道，臉上露出一種幾近不安的表情。

「那是因為早就習慣無盡燈的緣故啦……不過，只要用過一次油燈，再也不想使用無盡燈了。」

「任何新事物，一開始都會讓人覺得眩目啊！總之，無論是油燈，還是西方的學問……」

哥哥比誰都來勁地說道。

「只要一習慣就完全一樣了。我相信認為油燈太暗的時代很快就會到來。」

「也許真的就是這樣吧……阿鶴，媽媽的米湯熬得怎樣了？」

「媽媽說今晚肚子太脹了。」

我漫不經心地傳達母親所說的話。

「這樣怎麼可以呢？沒有一點食欲嗎？」

母親被父親如此一問，無可奈何地嘆一口氣。

「是呀！總覺得這煤油的氣味……這證明我到底是一個守舊的人吧！」

之後，大家的話就慢慢地變少了，只是一股勁地動筷子而已。但是，母親卻像突然想起什麼似地不斷稱讚油燈的明亮，連嘴唇上的腫瘡好像都浮現微笑。

那一晚，大家也是過了十一點才熄燈休息。但是，無論我如何閉上眼睛就是睡不著。哥哥已經三番二次警告我不准再提起雛人偶的事。我對於想再看一次雛人偶的要求已經死心了。然而，想再看一眼雛人偶的心願絲毫沒有改變。等到了明天，雛人偶就要被送到遙遠的地方了——想到這裡，我的眼淚不禁奪眶而出。不如趁著大家在睡覺，自己悄悄地拿出來看一看吧——我曾經這樣想過。或者把其中一個拿出來，偷偷地藏在哪裡——連這種事我也曾經想過。但是無論哪一樣，假如被發現的話——想到這裡，我就忍不住一陣顫慄。坦白說，我不記得自己這一輩子何時曾像那一晚，腦中想的盡是各種可怕的怪主意。譬如：今晚來一場大火就好。假如這樣的話，在還沒交出雛人偶前就給燒光光。否則那個美國人和禿頭的丸佐老闆都染上霍亂就好。若是如此，雛人偶就不會被送出去，可以跟原來一樣好好地保存在我家。——我盡是做這些荒謬的胡思亂想。可是，不管怎麼說我還只是一個孩子，不到一小時就迷迷糊糊睡著了。

不知過了多久，我忽然醒過來，好像有人在倉庫裡點著昏暗的燈籠，發出聲響。老鼠嗎？小偷嗎？還是天已經亮了？——我搞不清楚是哪種狀況，畏畏怯怯瞇著眼睛一看。原來是穿著睡衣的父親，側著臉坐在我床邊。爸爸！……但是更令我驚訝的不只是父親。而是在父親的前面，正擺著我的雛人偶——從三月三日女兒節以來，好久不見的雛人偶全部都擺出來了。

我正懷疑該不會是在作夢吧！我幾乎是屏氣地注視著這幅不可思議的景象。但是在燈籠搖晃的燈光下，手持象牙笏的天皇人偶、頭冠垂著瓔珞的皇后人偶，右側的橘樹、左側的櫻樹，舉著長柄陽傘的侍女、把酒杯端到眼睛高的宮女，小小的蒔繪鏡台和衣櫃，以貝殼做成的屏風、食碗、紙燈籠、彩球，還有父親的側面……

這是在作夢嗎？……啊！這句話前面已經說過了。不過，那一晚當真只是夢見雛人偶的夢境嗎？難道因為自己一心一意想要再看一次雛人偶，不知不覺中才會產生這種幻覺嗎？縱使到了今天我自己都還不明白，那一晚到底是真實還是夢境？

然而，我確實在三更半夜時看見年邁的父親，獨自一人凝視著雛人偶。縱使那當真只是一場夢，我也沒什麼好遺憾了。總之，我看到眼前那個和我沒兩樣，對雛人偶戀戀不捨的父親……儘管如此，他仍是一個嚴肅的父親。

我執筆〈雛人偶〉已是幾年前的事。現在才完成並不僅因為滝田氏的勸說。同時還因為四、五天前，在橫濱的某一個英國人家的客廳裡，碰見一個紅髮女童把一個陳舊雛人偶的頭當作玩具在玩耍。在這個故事中的雛人偶，如今也許和鉛製士兵、橡膠玩偶一樣，全部被裝在玩具箱內，遭受同樣的惡運吧。

一塊地

阿住的兒子過世於剛開始採茶的時節。兒子仁太郎形同癱瘓，已躺臥病床足足八年。這樣一個兒子的死去，對於被說是「來世積德」的阿住來說，她的心中並非只有哀傷。換言之，當阿住手持一炷香，在仁太郎的棺木前時，不由得有一種如釋重擔的感覺。

仁太郎的喪事辦完後，首先得面對的就是媳婦阿民的去向。阿民生有一子，在仁太郎臥病期間，代替丈夫承擔所有農務。假如現在讓她離去的話，孩子的照顧當然不在話下，但家裡的生計立刻就不知該如何撐下去。因此，阿住打算在七七四十九天後，替阿民招一個贅夫，如同兒子還在世一樣，讓她去負起這個家的重擔。阿住連贅夫都物色好了，準備找仁太郎的表弟與吉進門。

因此，在頭七的翌日早晨，當阿住看見阿民在整理衣物時，她的驚嚇真是非同小可。那時候，阿住正跟孫子廣次在裡頭房間的廊下玩耍。她從學校偷摘了一枝盛開的櫻花給孫子玩耍。

「阿民啊！我有句話一直放在心裡沒講出來，是我的不好。可是妳怎能把孩子丟下，就此一走了之呢？」

阿住說話的聲音，與其說是在責備不如說是在懇求。可是阿民頭也不回，只是笑出聲地答道：「妳到底在說些什麼啊？婆婆。」光就這一句話，讓阿住有如吃下定心丸。

「是呀！我想妳應該不致於那樣做……」

阿住開始沒完沒了地發牢騷、哀嘆。講著講著，連她都被自己所說的話給觸痛而漸漸感傷起來。最後幾行老淚順著滿是皺紋的臉頰流下來。

「是呀！只要妳願意的話，我也希望一直留在這個家。——何況還有一個孩子啊！我怎會離開呢？」

阿民不知何時也浸著眼淚，把廣次抱在自己的大腿上。沒想到廣次卻莫名其妙地覺得害羞，只惦記著房間內舊榻榻米上的櫻花……

*

阿民的生活跟仁太郎還在世時一樣，依然勤奮操勞農務。不過，有關招婿的事卻不如想像中順利，主要是阿民對這個話題絲毫不感興趣。當然啦！阿住只要一逮到機會，就會不露聲色地打探阿民的心意，或著直接了當劈頭就要跟她商量。不過，阿民每次都含糊其詞，敷衍了事說道：「知道了。等明年再說吧！」雖然阿住對這樣的回答仍有些憂心，但其實還是帶著某種欣慰。一方面，阿住也有些世間人情的顧慮，總之就依照媳婦的意思，等明年再說吧！

但是到了翌年，阿民依舊早出晚歸，日日忙於農耕，對於其他事一概不願提起。阿住比去年更加苦口婆心地勸阿民趕快招婿。這其中原因，是阿住受到了親戚的責備，和左鄰右舍的閒言閒語，使她有難言的苦衷！

「可是啊……阿民，妳現在還這麼年輕，身邊沒有一個男人怎麼過下去啊？」

「過不下去也得過下去啊！婆婆自己想想看，招個外人進來會變成怎樣？阿廣會變得很可憐，妳也會有所顧慮，而我的操勞操心就更別提了。」

「所以，才要妳把與吉招進來。聽說最近他已經戒賭了。」

「雖然他是婆婆的親戚，對我來說畢竟還是一個外人。我認為只要自己咬緊牙關……」

「不過，咬緊牙關可不是一年、二年的事呀。」

「不要再說了。一切都是為了阿廣。現在我辛苦一些，家裡的農田就不會被分成二份，到時候就可以原封不動交到阿廣的手中。」

「所以啦！阿民，（每次阿住講到這裡，就會神情嚴肅地壓低音量）不管怎麼說，人言可畏啊！現在妳在我面前所說的話，可以全部說給別人聽聽……」

她們兩人之間的這種對話，不知曾經說過多少次了。可是阿民的決心絲毫沒有動搖，反而愈來愈堅定。實際上，阿民不必借助男人的手，獨自一個人又是種地瓜，又是割麥子，做起事來比以前更賣力。不僅如此，夏天養母牛，下雨天依然外出除草。她這種勤奮工作的拼命勁，就是對招婿的的某種抗拒。最後阿住終於不得不放棄要媳婦招婿的念頭。其實，放棄這個念頭，對阿住來說未必是一件不愉快的事。

＊

阿民獨自以一個女人的力量撐起全家人的生計。當然，這肯定是來自「為了阿廣」的這個決心。不過可能也是因為阿民是從不毛之地遷居到這一帶，所謂「外地人」的女兒，那種深植在她內心的遺傳因素所帶來的力量。阿住已經聽過鄰家阿婆好幾次說道——「妳家阿民的外表跟她的力氣真是不相稱啊！上次看到她一個人扛著四大把的稻子走過去。」

而阿住總是以包辦所有家事來表達對阿民的感謝，諸如照顧孫子、養牛、煮飯、洗衣服、到鄰居家去提水。——說來家裡的瑣事還真不少。不過，阿住總是彎著腰，樂在其中地忙碌著。

某一個深秋夜晚，阿民抱著一大綑松葉，回到家裡。阿住背著廣次，正在狹窄的土間[1]燒洗澡水。

「很冷吧！今天怎麼這麼晚回來？」

「今天比平常多做一些事。」

阿民把一大捆松葉扔在水槽旁，連那雙沾滿泥巴的草鞋也不脫下來，直接就走

1 土間，日式建築中與地面同高，為地面未鋪地板或水泥的土地空間。

上大灶旁。灶下方有一根櫟樹的樹根正在熊熊燃燒，紅色的火焰晃動著。阿住想站起來，可是背著廣次若抓不住洗澡桶的邊緣，就很難站起來。

「先去洗個澡吧！」

「等一下再洗澡，肚子好餓。先讓我吃個地瓜什麼的吧！——煮好了嗎？婆婆。」

阿住蹣跚地走到水槽邊，從大灶裡把整鍋的地瓜煮青菜端起來。

「早就煮好在等妳，妳看，快冷了。」

兩人用竹籤把地瓜串起來，一起放在灶火上再烤一烤。

「阿廣睡得很熟，把他放下來睡吧！」

「唉呀！今天實在太冷，放下來怕他睡不好。」

這時候，阿民已開始狼吞虎嚥吃著冒著煙的地瓜。那是一種只有勞動得精疲力竭的農民才懂的吃法，阿民從抽出竹籤的地瓜一邊，大口咬下去。阿住一邊背著沉甸甸、打著小小鼾聲的廣次，一邊不停把地瓜放下去烤。

「不管怎麼說，像妳這樣獨自一個人一直工作，當然比別人更容易餓啊！」

阿住看著媳婦，眼神中充滿感慨。不過，阿民默不吭聲，只顧大口大口吃著烤得漆黑的地瓜。

*

阿民工作起來愈來愈拼命，她獨自承擔起所有男人該做的工作。有時候，夜裡還提著燈在菜園子來回巡視。阿住對這個不輸給男人的媳婦，心中總是充滿敬佩。不，與其說敬佩，不如說是敬畏。阿民除了田裡、山裡的工作外，其他工作全交給阿住去做。最近，甚至連阿民自己的貼身衣物也很少自己洗。縱使這樣，阿住也從不抱怨，挺直已痀僂的腰身，拼著老命一直做。不僅如此，一碰到鄰家阿婆，也總是鄭重其事誇獎自己的媳婦：「不管怎麼說，像阿民那麼勤奮工作，就算我死了，也不必去擔心家裡的事。」

不過，阿民這種「掙錢病」好像永不滿足。又過了一年，阿民提出打算往河對岸的桑田擴展的想法。依照阿民的說法，將近一畝多的土地只能收到十圓的地租，未免太不划算了。倒不如把那塊地拿來種桑樹，利用農閒時養蠶，只要蠶繭的行情不變的話，一年肯定也能有一百五十圓左右的收入。可是不管怎麼需要錢，一想到因此得更加操勞忙碌，阿住實在難以忍受。特別是費時又費力的養蠶工作，每次兩人的商量都很難取得共識。阿住終於忍不住帶著埋怨的口氣，向阿民抗議道：

「算了吧！阿民。我並不是想要推拖工作的意思。不過就算不推託的話，家裡沒有男人，又有一個黏人的孩子，現在的狀況我都已經喘不過氣來了。妳居然還想養蠶，怎麼可能呢？妳也稍微想一想我的處境啊！」

阿民一聽婆婆的哭訴，心想如果繼續堅持的話，未免太不通情理。雖然不再說要養蠶，卻仍堅持要栽種桑田。阿民不服氣地看著阿住，語帶諷刺地嘟囔道——

「好吧！反正栽種桑田的事，只要我一個人就可以。」

這件事之後，阿住又開始想起招婿的事。以前是擔心生計，也怕左鄰右舍的閒言閒語，才會常常想要替阿民招婿。但是現在可不一樣，她是為了就算能夠躲避片刻的勞務也好，所以又開始動起招婿的念頭。因此比起上次，這回想為阿民招婿的態度就更為積極。

正逢屋後橘子園花開時節，夜裡阿住坐在油燈前，戴著眼鏡一邊工作，一邊慢條斯理又提起招婿的話題。盤坐在爐子旁邊的阿民，咬著鹹豌豆，頗不以為然地說道：「怎麼又扯起招婿的事呢？我不要聽啦！」如果是以前的阿住，聽她這麼說大抵上就此打住，不再繼續說下去。但是這次卻一反常態，阿住不肯罷休地勸說道：

「話也不能這麼說啊！明天宮下的葬禮，剛好輪到我們家得去挖墓穴。這時候，總要有個男人才好……」

「好啦！挖墓穴交給我就可以了。」

「那怎麼可以，妳一個女人家……」

原本阿住想故意乾笑幾聲。一見阿民的表情，猛然驚覺連那種不經意的笑都得收斂一下。

「婆婆，妳該不會是想在家裡享清福吧？」

阿民抱著盤腿而坐的膝蓋，冷冷地刺她一下。突然被刺中要害的阿住，不由得拿下眼鏡。但是為什麼拿下眼鏡，連她自己都不知道。

「啊！妳怎會說出這種話呢？」

「阿廣父親死的時候，妳自己說的話，難道忘了嗎？妳說家裡的田地如果被分成二份，那就對不起列祖列宗……」

「是呀！我是說過這些話。可是，仔細想一想。人家不是說『此一時彼一時』嗎？這也是無可奈何的事。」

儘管阿住拼命辯解為什麼需要有一個男人來幫忙的原因，但是阿住對於自己所說的理由連她自己聽起來都沒辦法信服。主要還是在於她真正的心意——也就是說她並未和盤托出自己想輕鬆過日子。阿民一眼就看穿婆婆的心思，依然咬著鹹豌豆，毫不客氣地指責婆婆。因此，這才讓阿住明瞭了原來阿民是一個能言善道的人。

「那樣做的話，也許對妳比較有利。因為妳會先死。——但是，婆婆啊！妳也得為我的處境想一想。我可不是自命清高，所以才守寡。有時候，全身痠痛到睡不著，我也會思索自己為什麼要這樣頑固又堅持呢？繼之一想，這一切都是無可奈何。這樣做全都是為了這個家，為了阿廣，終究只能哭一哭罷了……」

聽完這一番話，阿住只能茫然看著媳婦。她在不知不覺中已經清楚地明白一個事實。那就是無論她如何掙扎，不到她闔上眼睛、雙腳一蹬的那一刻是無法輕鬆過日子的事實。阿住在媳婦說完話後，又戴上眼鏡。然後，半是自言自語般為這次的談話下一個總結。

「不過，阿民，世間光靠大道理還是行不通，妳再考慮一下。以後我也不再多說什麼了。」

約二十分鐘後，村子裡的一個年輕人，邊哼著歌邊悄悄地從家門口經過。「年輕的阿嬸，今天來割草嗎？草兒隨風搖曳喲！拿起鐮刀來割草喲！」——當歌聲漸漸遠去，阿住再次戴著眼鏡，瞥了阿民的臉龐一眼。阿民只是對著油燈，把腿伸得長長的，連連打呵欠而已。

「啊呀，睡覺吧！明天還要早起。」

阿民話一說完，抓起一把鹹豌豆，有點費勁地從爐子旁邊站起來……

＊

此後的三、四年，阿民默默地忍受一切的勞苦。那種痛苦就像一匹垂垂老矣的老馬，和一匹精神抖擻的悍馬同負一軛。阿民依然每天出外，勤奮地在田裡工作。阿住也如同以往在家中操勞家事。然而，卻有一條看不見的鞭子不斷威脅著阿住。有時或因沒燒洗澡水、有時或因忘記曬稻子、有時或因被牛偷跑了，阿住總會被個性好強的阿民數落或斥責一頓。可是她從不還嘴，只是一直默默地忍受痛苦。原因有二，一是她原本就是一個習慣順從、隱忍的人；二是孫子廣次對祖母比對母親的阿民更加親近。

實際上，在別人眼中看來，阿住幾乎跟以前毫無變化。假如要說真有一點變化，那便是不再像以前那樣稱讚自己的媳婦。不過如此些微的變化，並未特別引起別人的關注。至少鄰家阿婆仍照樣說阿住是一個「來世積德」的人。

某一個夏日艷陽高照的正午，阿住正在倉庫前爬滿葡萄葉的棚架下，跟鄰家阿婆聊天。除了牛棚裡的蒼蠅發出「嗡嗡嗡」的聲音外，四周顯得格外安靜。鄰家阿婆邊聊，邊吸著短捲菸。那是她兒子沒吸完的菸蒂，她細心收集起來的。

「阿民呢？喔，又去割草了吧？雖然年紀輕輕，什麼都肯做。」

「哪是這樣？女人與其出外工作，不如在家做些家事最好。」

「不。能夠幫忙田裡的工作比什麼都好。像我家媳婦從進門以來，都過七年了，別說田裡的工作，就連除草也不曾做過。整天只會躲在家裡，洗洗孩子的衣服，縫縫補補自己的衣服，每天就這樣混日子。」

「那樣才好。把孩子收拾整齊，自己也打扮漂亮，看起來才體面啊！」

「不過，現在的年輕人都不喜歡田裡的工作。——咦？那是什麼聲音？」

「什麼聲音？妳也真是的，不就是牛在放屁嗎？」

「牛在放屁嗎？真是的。——不過，阿民年紀輕輕，肯頂著大熱天，跑到田裡去除草，說來也真辛苦。」

兩個老太婆就這樣妳一句、我一句地閒扯淡。

*

仁太郎死後八年多，一家生計全靠阿民一個女人家支撐起來。同時，在不知不覺中阿民的好形象聲名遠播，甚至連村子外都知曉。阿民已經不僅只是一個日以繼夜、夜以繼日「掙錢」的年輕寡婦。更不是村子裡年輕小夥子口中的「年輕阿孀」。如今，她已經成為模範媳婦，也是當今貞女的典範。——「看看人家河對岸的阿民。」——以致這麼一句話，幾乎成為很多人口中用來斥責別人的話。然而，阿住並沒有把自己的苦衷告訴鄰家阿婆，甚至不曾想過要把自己的委屈講給別人聽。儘管她的心中並未清楚地意識到，卻虔誠相信冥冥之中自有天理。但是最後連這種救贖終究也成為泡影。如今除了孫子廣次是她唯一的依靠外，她已經什麼都沒有了。阿住全心全意疼愛著孫子。沒想到連最後的依靠，也屢屢瀕臨崩解的地步。

某一個秋高氣爽的午後，抱著書包的孫子廣次，慌忙地從學校回來。阿住剛好在倉庫前俐落地揮動菜刀，把蜂屋柿吊起來曬乾。廣次靈巧地跳過一張曬著稻穀的草蓆，將兩腳整齊合併，對著祖母舉手敬禮。隨後一本正經，直接了當就問道：

「奶奶，我媽媽真的是一個了不起的人嗎？」

「為什麼這麼問？」

阿住不由得停下手中的菜刀，盯著孫子看。

「因為老師在修身課上這麼說的呀！老師說像廣次母親那麼了不起的人，在這一帶找不出第二個了。」

「老師說的？」

「嗯，是老師說的。真的嗎？」

阿住首先感到一陣困窘。學校的老師竟然對孫子說出這麼一個大謊話——實際上，阿住覺得再沒比這更出乎人意料的事了。但是在瞬間的困窘後，阿住勃然大怒好像變成另一個人般開始罵起阿民。

「哼！當然是謊話，根本就是一個大謊話。你母親這個人啊，只會在外頭拼命工作，讓大家覺得她很了不起，其實心底壞透了。奶奶被她整得團團轉，她真是又頑固又好強……」

廣次只是吃驚地看著勃然色變的祖母。這時候，阿住又一改先前的大怒，忽然開始掉眼淚。

「所以啊！奶奶是因為有你這個指望才活得下去。千萬不要忘記。很快你就會到了十七歲，到時候趕緊娶個媳婦進門，奶奶才能享清福。你母親說什麼等當兵回來再說，說得倒輕鬆。為什麼，為什麼要等當兵！聽到沒有？你要好好孝順奶奶，連你父親那一份一起孝順喔！這樣的話，奶奶也會很疼你，什麼都給你……」

「假如柿子熟了，也會給我吃嗎？」

廣次一副嘴饞的模樣，把玩籃子裡的柿子。

「當然給你啊！雖然你還小，不過應該很清楚才對。永遠都不可以忘記喔！」

阿住眼淚流著流著，突然破涕為笑了……

這件事發生後的隔天晚上，阿住終於因為一件瑣事，與阿民爆發激烈的爭吵。所謂瑣事，就只是阿住吃了阿民的地瓜而已。沒想到愈吵愈凶，阿民冷冷一笑，說道：「妳討厭做事，那就去死啊！」阿住聽到這句話，一反平日，整個人像發瘋般大吼大叫。這時候，孫子廣次正好枕在祖母的膝上熟睡。「阿廣，起來！起來！」阿住邊搖晃孫子，邊一直不停地罵道：

「阿廣，起來！阿廣，起來！起來！起來聽聽你母親所說的話。你母親要我去死啊！你可要好好聽清楚。雖然到你母親的手裡，賺了一點錢，可是那幾畝田全都是你的爺爺和奶奶開墾出來的呀！但是又怎樣呢？你母親竟然說我想輕鬆就去死。——阿民，我是會死。死又有什麼好怕的呢！不，我才不聽妳指揮。我會死。我當然會死。就算要死也要纏住妳……」

阿住大聲又吼又罵，和嚇得哭出來的孫子抱在一起。不過，阿民蠻不在乎地依然躺在爐子旁，根本充耳不聞。

*

然而，阿住並沒死。反而是隔年立春前，向來自恃身輕體健的阿民染上傷寒，發病後第八天就一命嗚呼哀哉。其實，當時在那小村子已經不知有多少人染上傷寒了。何況阿民在發病前，曾經去幫忙因為傷寒致死的鐵匠的葬禮挖墓穴。鐵舖也有一個小徒弟得了傷寒，直到葬禮那天才送到醫院。「肯定是在那時候被感染傷寒的。」——阿住在醫生回去後，對發燒到滿臉通紅的阿民稍微責備道。

雖然阿民出殯那天下著雨，不過以村長為首，村民一個都沒少全都來參加葬禮。參加葬禮的人，無不為阿民扼腕嘆息，也對失去家中重要勞動者的阿住和廣次表示同情。村民代表還提起，原本最近郡公所還打算表揚勤奮的阿民。阿住對於這些話，除了點頭致謝外也不知該說什麼。「唉！都是命啊！從去年我們就針對表揚阿民的相關事宜，向郡公所提出申請，村長和我因此花費不少火車票的錢，前後還跟郡長見過五次面，真是費了不少力氣啊！事到如今，我們只能死心，妳也死心吧！」——村民代表是一個禿頭的好老人，最後加上這麼一句玩笑話，惹得年輕的小學老師不快地直瞪著他看。

阿民喪事辦完的那一夜，阿住睡在設有佛壇的裡屋一角，與廣次一起睡在一張蚊帳內。平常兩人當然都睡在黑漆漆的夜裡。不過，今夜佛壇上還點著燈，加上消毒藥水滲入舊榻榻米中所散發出的一種奇怪氣味。也許因為這緣故吧！阿住輾轉反側，怎麼也睡不著。阿民的死確實帶給她莫大的幸福。從此以後，她就不必那麼操勞了，也不必擔心別人的閒言閒語。家裡大約有三千圓的積蓄，還有幾畝田。今後就可以開心地和孫子吃大米飯。隨時可以提著草袋去買自己愛吃的鹹鱒魚。阿住實在想不起來自己的這一生當中，什麼時候曾經像現在這般輕鬆過。啊！像現在這般輕鬆過？——九年前某一夜的記憶突然清晰地甦醒了。那一夜放下心中一塊石頭的輕鬆感，和今夜並沒兩樣。那是親生兒子葬禮結束的夜晚。而今夜呢？——則是生下唯一孫子的媳婦的葬禮剛結束的夜晚。

阿住不由得睜開眼睛。孫子就躺在她身旁，露出天真無邪的睡容，仰天熟睡。阿住看著這孫子熟睡的臉龐，漸漸感到自己真是一個苦命人。同時覺得跟她有惡緣的兒子仁太郎和媳婦阿民也都是苦命人。這種心境的轉變，讓她把這九年來的恩恩怨怨全都付諸流水。不，甚至能夠帶給她慰藉的未來幸福也付諸流水。他們母子、婆媳三人都是苦命人。其中最悲慘的人就是她自己。「阿民，妳為什麼要離我而去呢？」——阿住忍不住呼喚剛死去的阿民，突然情不自禁眼淚簌簌地流了下來……

阿住聽到時鐘敲了四點的響聲後，好不容易在疲憊中睡著了。不過，那時候這茅屋頂上的天空已經迎向冷冽的拂曉。

橘子

一個冬日的傍晚。我坐在橫須賀發車的北上二等客車的角落，呆呆地等待發車的汽笛聲響。在早已亮起燈光的車廂內，很罕見的除了我以外就沒有其他的乘客。往窗外一看，今天不同以往，昏暗的月台上，不見有送行的人，只有一隻關在籠子的小狗，不時地哀吠幾聲。這種情景與我當時的心境竟不可思議地十分相似。我滿腦子說不出的疲憊和倦怠，就像那陰沉沉將降雪的天空那般陰鬱。我一動也不動地把雙手插在外套的口袋內，連把晚報掏出來看的力氣都沒有。

不久，發車的汽笛聲響起。我才稍稍感到舒坦，把頭靠在後方的窗框上，漫不經心地等待眼前的月台慢慢往後退去。沒想到車子都還沒發動，從剪票口那邊傳來一陣木屐「咯、咯、咯」的響聲，隨著車掌的一陣罵聲，我乘坐的二等車廂的門突然被拉開，一個十三、四歲的小姑娘慌慌張張地走進來。火車使勁搖晃一下，接著緩緩地開始行駛了。月台的廊柱一根根地從眼前掠過，彷彿被遺忘而丟在那裡的運水車，戴紅帽的搬運夫不知在向車廂內給他小費的誰鞠躬致謝——這一切都隨著吹進車窗內的煤煙，依依不捨地往後倒退而去。我終於鬆了一口氣，點上捲菸，抬起慵懶的眼簾，瞥了一眼坐在對面小姑娘的臉。

小姑娘頭上乾澀的頭髮挽成銀杏髻，紅得令人不舒服的雙頰上有一道道皸裂的痕跡，怎麼看都是一個鄉下的村姑模樣。尤其那一條髒兮兮的黃綠色毛線圍巾一直垂到膝蓋，膝上又擺了一個大包袱。她捧著大包袱那滿是凍瘡的手裡，小心翼翼地緊緊握住一張紅色的三等車票。我不喜歡小姑娘那張俗氣的臉，那一身邋遢的裝扮也讓我感到不愉快。最讓我生氣的是，這個愚蠢的小姑娘連二等車、三等車都分不清楚。因此我點上捲菸的原因之一，也是有意要忘記小姑娘的存在，我把口袋裡的晚報攤在膝上漫然地讀一讀。這時候，從窗外射到晚報上的光線，突然一轉成為燈光，印刷品質惡劣的幾欄鉛字看來格外明顯。不用說，火車現在正駛進有很多隧道的橫須賀線其中第一個隧道。

然而，在燈光下，我大致瀏覽一下晚報，盡是一些無法排除我心中憂鬱的世間尋常事件，諸如：講和問題，新婚夫婦，瀆職事件，訃聞等等。——我在火車進入隧道的一瞬間，竟然有一種火車彷彿是往相反方向行駛的錯覺。同時，我近乎機械性地瀏覽那一條又一條索然無味的消息。其間，我始終意識到那個小姑娘，以宛如具體顯現出鄙俗現實中的人類面孔，端坐在我的面前。正在隧道中行駛的火車，這個鄉下小姑娘，還有滿版都是尋常消息的晚報——這不是象徵又是什麼呢？這不是象徵著不可解、下等、無聊的人生，又是什麼呢？我對所有一切都感到毫無意義，將還沒讀完的晚報丟到一旁，又把頭靠在窗框上，像死人般閉上眼睛，開始陷入迷迷糊糊中。

幾分鐘過後。我猛然一驚，覺得好像受到騷擾，不由得睜開眼睛四下環視。不知何時，小姑娘竟然從對面的座位移到我旁邊來，而且不斷地想打開窗子。沉甸甸的玻璃窗好像總是打不開。她那皸裂的臉頰變得愈來愈紅，不時的抽鼻涕聲與微微的喘息聲，不停地傳進我的耳際。這無疑地免不了引起我幾分的同情。但是，火車即將開進隧道，暮色中兩側盡是枯草的明亮山腰，此刻直逼近窗前。儘管如此，小姑娘為什麼要特地把窗子打開呢？——我實在無法明白其中的理由。不，我認為那不過就是她一時的心血來潮吧！因此，我依然有種不懷好意的情緒，以冷酷的眼神看著那雙長著凍瘡的手和玻璃窗使勁在苦鬥的情景，心中暗自祈願她永遠打不開窗子。不久，火車發出淒厲的鳴叫聲，進入隧道的同時，小姑娘終於「啪！」一聲把窗子拉開了。從那方形的窗口，灌進一股好似融著煤碳的濃黑空氣，頓時變成令人窒息的煙屑，瀰漫整個車廂。原本咽喉就不好的我，根本來不及用手帕摀住臉，以致整張臉都是煙，咳得幾乎喘不過氣來了。但那小姑娘對我的狀況毫不在意，把頭伸出窗外，直盯著火車前進的方向看，任憑夜風吹動她那銀杏髻的鬢毛。我在煤煙和燈光中凝視著她的身影，眼看著窗外漸漸明亮起來，泥土、枯草和水的氣味，涼颼颼地灌進來，我好不容易才止住咳嗽。若非如此，我肯定會把這個素不相識的小姑娘狠狠罵一頓，叫她把窗子關上。

這時候，火車已經安然穿過隧道，正經過座落在枯草叢生的荒山之間一處窮鄉僻壤的平交道。平交道附近，盡是一些寒酸的茅草屋頂和瓦片房頂雜亂地擠在一起。大概是平交道看守員在打信號吧！只有一面淡白色的旗子無精打采地在暮色中揮動著。我心想總算穿過隧道了。——這時候，我看見在蕭索的平交道柵欄後方，有三個臉頰通紅的小男孩並肩擠在一起。他們好像被陰沉的天空壓住般，個頭都很矮小。身上所穿的衣服顏色，如同這個窮鄉僻壤的景物般荒涼。他們抬頭仰望火車經過，一齊舉起手，扯開喉嚨拼命高聲地，不知道在叫喊些什麼。那一瞬間，從窗子探出半截身子的小姑娘伸出長著凍瘡的手，使勁地左右揮擺，忽然大約有五、六顆被溫暖陽光染熟的橘子，從窗子一顆接一顆朝向為火車送行的孩子的頭頂上落下去。我不由得屏氣以對，頓時恍然大悟。小姑娘恐怕是要前往某處當女傭，把藏在懷裡的幾棵橘子從窗子扔出去，以犒賞特地跑來平交道口為她送行的弟弟吧！

籠罩在暮色中的窮鄉平交道，如小鳥般放聲大叫的三個孩子，散落在他們頭上的橘子的鮮艷色彩——以及所有一切，轉瞬間就從火車的窗外掠過了。但是，這些光景卻深刻地烙印在我的心頭。而且，我意識到自己不由地湧出一股莫名開朗的心情。我昂然仰起頭，好像在看另一個人般凝視那個小姑娘。不知何時，小姑娘已經回到我對面的座位上，那張滿是皸裂的雙頰依然裹在黃綠色的毛線圍巾中，捧著大包袱的手裡，緊緊握住那張三等車票……

我在那時候，才得以忘卻那無法形容的疲憊和倦怠，以及不可解、下等、無聊的人生。

輯四 盡頭

人生不如一行波特萊爾。

河童

序

這是某精神病院的患者——第二十三號病患逢人就說的故事。他應該年過三十歲了吧！不過，乍看之下，顯得很年輕。他大半輩子的經驗——算了，那種事隨便怎樣都可以啦！他整天只是抱著雙膝，不時地往窗外看。（裝著鐵欄杆的窗外，有一棵連枯葉都掉光的橡樹，空枝伸展在下雪前的陰霾天空中。）他不停地對著院長S博士和我敘述這個故事。當然還會加上一些手勢或身體動作。比如他說到「嚇一跳」時，就會突然把頭往後仰……

我打算把他所說的故事盡可能如實記錄下來。如果對我的筆記感到意猶未盡的話，那就請到位於東京郊外某村的S精神醫院去找他吧！比實際年齡年輕的二十三號病患，首先會有禮貌地鞠躬致意，指著一把沒有坐墊的椅子請對方坐下。然後浮現憂鬱的微笑，平靜地再敘述一次這個故事。最後——我忘不了當他說完這個故事時的表情。他最後會突然站起來，揮舞著拳頭，恐怕他對任何人都會如此勃然大怒吧。——「滾出去！你這個混蛋！你也是一個愚蠢、善妒、猥褻、厚顏無恥、愛管閒事、殘酷的動物啊！滾出去！你這個混蛋！」

一

那是三年前夏天的事。我和其他人一樣背著背包，打算從上高地的溫泉旅館出發去攀爬穗高山。眾所周知，攀爬穗高山只能沿著梓川溯溪而上。在此之前，別說是穗高山，我連槍岳都攀登過，所以也不請嚮導，獨自一人走在晨霧中的梓川溪谷。——可是眼看著晨霧怎麼都不散去，反而愈來愈濃。我走了約一小時後，一度想返回上高地的溫泉旅館。不過就算要返回上高地，也得等晨霧散去。雖說如此，濃霧卻不斷地湧出來。「唉！乾脆就爬上去吧！」——我這麼一想後，便沿著梓川溪谷，繼續穿行在山白竹之中。

然而，極目所見仍是白茫茫的濃霧。在濃霧籠罩當中，不時還會看見從粗壯的山毛櫸和樅樹枝上垂下來的綠葉。放牧的馬、牛也會突然出現在眼前。可是才看剛到牠們時，轉眼間又消失在白濛濛的霧中。那時候，我的雙腳已開始酸痛，慢慢也覺得餓了——再加上被霧氣打濕的登山服和毯子也變得沉甸甸。我終於不再固執己見，決定順著拍打在岩石上的水聲往梓川河谷走下去。

我坐在水邊的岩石上，準備先填飽肚子。打開牛肉罐頭，又撿來枯枝起火——大約過了十分鐘吧！那惱人的濃霧不知何時已經消散，天光開始放晴。我嚼著麵包，瞥了一眼手錶，都已經一點二十分了。然而，更令人吃驚的是在圓形錶玻璃上突然映出一張令人不快的臉，我驚訝地轉過頭一看。於是——我生平第一次遇見所謂的河童就在那時候。在我背後的岩石上，有一隻跟圖畫一模一樣的河童，一隻手環抱白樺樹幹，另一隻手搭在自己的眼睛上方，好奇地俯視我。

我目瞪口呆，一動也不動盯著牠。看起來河童好像也頗驚訝，連搭在眼睛上方的手都忘記放下來。不久，我趁機跳起來，往岩石上的河童撲過去，在此同時，河童跑了。不，恐怕是逃跑了吧！實際上，牠剛一轉身，便立刻消失不見了。我越覺驚訝不已，環視一下山白竹。原來那像似已經逃跑的河童，竟然站在隔著二、三公尺的對面轉頭看著我。這倒也還不奇怪，讓我感到意外的是牠身體的顏色。剛才在岩石上的河童，全身呈現灰色，現在卻完全變成綠色。我大叫一聲「畜牲！」，再度撲過去。河童當然又逃跑了。此後整整三十分鐘，我穿梭在山白竹中，飛奔在岩石間，不顧一切地追逐河童。

河童跑起來的速度，絕不遜於猴子。在我拼命追逐河童時，好幾次都被牠逃得無影無蹤。不僅如此，還好幾次腳底打滑差點跌倒。好在一棵粗壯枝條伸展橡樹下，正好有一頭牧牛擋住河童的去路。那還是一頭犄角粗壯、雙眼充血的牧牛。河童一看見那頭牛，發出一聲悲鳴，就像翻跟斗似地跳進高大的山白竹林中。我——我暗忖「這下可好了！」緊緊跟隨在後追了過去。但是那裡有一個我並不知道的洞穴。我的手指頭才碰到河童那濕滑的背部，突然間，整個人就跌進黑暗的深淵中。我們人類在千鈞一髮之際，不免會胡思亂想。當我「啊」一聲大叫時，竟然想起在上高地的溫泉旅館旁有座橋就稱作「河童橋」。後來——後來的事就全不記得了。只感覺眼前依稀有一道閃電，然後就失去知覺了。

二

我終於醒過來後，睜眼一看，我正仰面躺著，四周被一大群河童圍住。一隻大嘴巴、上方架著夾鼻眼鏡的河童，跪在我身旁，把聽診器放在我的胸前。那隻河童看到我睜開眼睛，就對我做出要我保持「安靜」的手勢，接著對身後的河童發出「Quax, quax」的聲音。於是，不知從哪裡來了兩隻河童抬著擔架走過來。我被放上擔架，在大批河童的簇擁下，靜靜地走過幾條街町。我看到兩側的街道和銀座幾乎沒兩樣。山毛櫸行道樹的樹蔭下，排列各種店鋪的遮陽篷，好幾輛車在林蔭道上奔馳。

不久，我躺著的擔架似乎轉進一條狹窄的小巷內，我就被抬進一間房子內。後來才知道，那就是戴著夾鼻眼鏡的那隻河童——名喚恰克的醫生的家。恰克讓我躺在一張乾淨的小床上，給我喝下一杯透明的藥水。我躺在床上，任由恰克擺布。實際上，我渾身的關節痛到還無法隨意動。

恰克每天一定會為我診察二、三次。另外，第一個見到的那隻河童——名喚拔古的漁夫，大約每隔三天會來看我一次。河童對人類的了解，遠多於我們人類對河童的認識。這也許是因為人類捕獲河童的數量，遠少於河童捕獲人類的數量吧！縱使不談捕獲數量，在我之前就有人類屢屢前來河童國，甚至還有許多人一輩子就此留在河童國。若問為什麼？且看！只因為我們不是河童而是人類，就擁有特權，可以不勞而獲。據拔古說，有一個年輕的修路工人偶然來到這個國度後，娶了一隻雌河童為妻，就終老於此。那隻雌河童不僅是這個國家的第一美人，還對修路工人的丈夫極盡承歡之能事。

大約一週後，根據該國的法律規定，我被明訂為「受特別保護住民」的身分，成為恰克的鄰居。雖然我的房子狹小，卻非常雅致。這個國家的文明當然和我們人類的文明——至少和日本的文明並沒有太大差異。面向街道的客廳角落擺有一台小鋼琴，牆上還掛著裝框的銅版畫作品。只是屋內最重要的桌椅之類，都是依據河童身高而製作，因此就像進入孩童的房間一樣。我想這是唯一的不便。

一到傍晚，我總在屋內等待恰克和拔古，學習河童的語言。不，不只是他們而已。因為任誰對我這個「受特別保護住民」都感到好奇，每天特意請恰克幫忙量血壓的玻璃公司社長戈魯也會出現在屋內。不過，最初的半個月裡，我最親近的人還是那個叫作拔古的漁夫。

一個暖和的傍晚，我跟漁夫拔古正在屋內隔著桌子對坐。拔古突然默不吭聲，眼睛睜得大大地直瞪著我。我當然覺得很奇怪，於是問道：「Quax, Bag, quo quel, quan?」翻譯為日本話，就是「喂！拔古，你怎麼了？」然而拔古非但不回答，還突然起身，伸出長長的舌頭，就好像青蛙準備跳起來的模樣。我感到有些害怕，急忙站起來打算奪門而出。這時候恰克醫生剛好出現在門口。

「幹嘛！拔古，你在做什麼呢？」

恰克一如往常地帶著夾鼻眼鏡，怒瞪拔古。拔古露出惶恐的神情，不停摸著頭，向恰克道歉道：「真的非常對不起！坦白說，我認為先生害怕的樣子一定很有趣，不知怎麼就想惡作劇嚇嚇他。先生！請您原諒我。」

三

我在繼續說下去之前，認為有必要先就所謂「河童」做一番說明。直到今日，人們對於河童這種動物是否真的存在還有疑問。不過曾經與牠們一起生活的我，當然是深信不疑。說到河童，到底是怎樣的一種動物呢？牠們的頭部長有短毛就不必說了，手腳都有蹼，這跟《水虎考略》一書中所記載沒有太大差別。身高約在一公尺上下。根據恰克醫生的說法，牠們的體重多在二十磅到三十磅之間——聽說偶而也會出現五十幾磅的大河童。河童的頭頂中央有橢圓形的凹盤，隨著年齡的增加，凹盤的硬度會逐漸增強。上了年紀的河童凹盤和恰克這種年輕河童的凹盤，摸起來的觸感完全不一樣。不過，最為奇特的則是河童的膚色。河童並不是和人類一樣，具有一定的膚色。牠們的膚色能夠隨著周遭環境而改變——譬如說，在草叢裡就會變成近似草的綠色，在岩石上又會變成岩石般的灰色。這種特質當然不僅止於河童，變色龍也具有這種特性。也許河童的皮膚組織中也具有近似變色龍的某種特質吧！當我發現這個事實時，忽然想起民俗學上有「西國河童為綠色，東北河童則為紅色」的記載。不僅如此，我也想起當我在追拔古時，牠突然不知跑到哪裡去，消失得無影無蹤那件事。

而且河童看來具有相當厚的皮下脂肪，儘管這個處於地底下的國家氣溫比較低（平均氣溫為華氏五十度左右），卻全然不知衣服為何物。當然河童似乎大多都戴著眼鏡，攜帶菸盒，手拿錢包。不過河童像袋鼠一樣，腹部有個口袋，所以只要將物品收進口袋也沒什麼不方便。不過，最讓我感到奇怪的則是牠們的腰部周圍都不遮掩。我曾就這問題問過拔古，怎會有這種習慣呢？牠卻笑得前仰後翻。然後補上一句：「我對你把它遮隱起來，才感到奇怪哩！」

四

我漸漸學會河童的日常用語。因此開始對河童的生活習慣和風俗有所了解。其中最感到不可思議的是，河童對於人類認真看待的事情不以為然，同時卻又很認真思考人類所不在意的事情。——是這樣前後不相符的習慣。譬如：我們人類所重視的正義和人道，河童一聽這些卻捧腹大笑。總之，河童對滑稽的觀念跟我們對滑稽的觀念，其標準全然不同。有一次我曾對恰克醫生談起人類對生兒育女的限制。牠張大嘴巴，笑得夾鼻眼鏡差點掉下來。我當然感到生氣，責問牠有什麼好笑。我記得恰克的回答大抵是這樣。也許細節上多少有些出入，畢竟那時候我對河童的語言還不能完全了解。

「只考慮父母的立場未免太可笑了吧！實在太自私了！」

相反地，從我們人類的立場看來，再沒有比河童生孩子更為可笑了。過不久，我有機會到拔古家裡去看牠妻子分娩的情形。河童生孩子時，和我們人類一樣要請醫生和助產婆協助。但是在分娩時，父親會對著母親的生殖器，像打電話般大聲問道：「你是否願意出生到這世界來？仔細考慮後再回答吧！」。拔古同樣也跪在那裡，如此重複問了幾次。然後用擺在桌上的消毒藥水漱一漱口。這時候妻子腹中的嬰孩好似有所顧慮般，低聲答道：

「我不願意出生。首先，我的父親有精神病的遺傳就夠糟糕了，而且我認為河童的存在是一件壞事。」

拔古聽到這樣的回答後，難為情地直搔著頭。接著，正在那裡的助產婆忽然拿著一根很粗的玻璃管往拔古妻子的生殖器插進去，不知注射了什麼液體。於是拔古的妻子好像如釋重擔般大大地嘆一口氣。同時原本的大肚子也像洩了氣的汽球般癟下去。

因為河童的孩子能夠如此答話，當然一出生就能走路說話。聽恰克說，甚至有一個孩子在出生二十六天後就能夠以「是否有神」作演講。不過那孩子在出生兩個月後就死了。

說到生孩子，順便來說一下我來到這個國家的第三個月，偶然在街角看見的一幅大海報吧！那幅大海報下方畫有十二、三隻或吹喇叭、或持劍的河童。上方則是寫滿河童所使用宛如鐘錶發條的螺旋文字。把那些螺旋文字翻譯過來，大致是這樣的意思。也許細節部分可能會有些出入。不過，那是根據和我同行一個名叫拉普的河童學生大聲朗讀，一個字一個字記下來的。

徵求遺傳義勇隊！！！
健全的男女河童啊！！！
為消滅不健康的遺傳，
請跟不健全的男女河童結婚吧！！！

那時候，我當然就跟拉普說那樣的事行不通。結果不只是拉普，連在大海報周圍的其他河童全都哈哈大笑。

「行不通？你們人類不也是做著跟我們同樣的事嗎？您認為為什麼少爺會迷戀女傭，千金小姐為什麼會愛慕司機呢？那不就是在無意識中撲滅不健康的遺傳基因嗎？首先，比起你上次提起你們人類的義勇隊——為爭奪一條鐵路而互相毆鬥的義勇隊——比起那種義勇隊，我們的義勇隊豈不是更高尚多了嗎？」

雖然拉普很認真地這麼說，但牠那個肥胖的大肚子卻很可笑地上下不住波動。然而，我豈有心思去笑牠，只顧慌張去抓住一隻河童，因為牠趁我不備時偷走我的鋼筆。可是河童的皮膚實在太滑，我們人類想抓住河童並不容易。那隻河童一脫逃，一溜煙就不見了。牠看起來有如蚊子般瘦弱的身體，幾乎讓人以為牠快摔倒了。

五

這個名喚拉普的河童對我的關照，並不少於拔古。其中最令人無法忘記，是牠介紹一隻名喚特庫的河童跟我認識。特庫是河童中的詩人。詩人留著長髮這一點，和我們人類沒兩樣。為了消磨無聊時光，我常去特庫家。特庫總是在狹小的屋子裡擺一些高山植物的盆栽。牠寫詩抽菸，日子過得逍遙自在。在牠屋子的角落有一隻雌河童（特庫是自由戀愛家，所以未娶妻），正在打毛線什麼的。特庫一看到我，總是露出微笑（河童的微笑確實讓人不敢恭維，至少我剛開始覺得有些害怕）如此說道：

「啊！來得正好。請坐！」

特庫常對我講述河童的生活，河童的藝術。依照特庫的信念，再沒比河童的普通生活更為愚蠢的事了。親子、夫婦、兄弟等都以相互折磨對方為生活中唯一的樂趣。尤其是所謂家族制度，更是愚蠢中的愚蠢。有一次，特庫指著窗外憤憤說道：「你瞧！那愚蠢模樣！」窗外的道路上有一隻年輕河童，牠的脖子上掛著狀似父母的河童在內的七、八隻雌雄河童，牠上氣不接下氣地步行著。可是我對於年輕河童的犧牲精神感到非常欽佩，反而稱讚起牠的勇敢。

「哼！你倒是有資格成為這個國家的一員。……我看，你應該是社會主義者吧？」

我當然回答「Qua」（這在河童語中，就是表示「正是」的意思）。

「那麼，你認為為了一百個平凡人，理應犧牲一個天才也在所不惜。」

「那麼，你又是什麼主義者呢？好像誰說過特庫是信奉無政府主義……」

「我嗎？我是超人（直譯的話應該是超河童）。」

特庫昂然斷言。這個特庫在藝術上也有獨特的見解。就特庫的理念，藝術不受任何事物的支配，應該為藝術而藝術。因此真正的藝術家必須是一個捐棄善惡的超人。這未必只是一隻河童的意見。特庫那一群詩人夥伴大致上都持有同樣的看法。其實，我經常和特庫一起前往超人俱樂部玩樂。超人俱樂部聚集詩人、小說家、戲曲家、評論家、畫家、音樂家、雕塑家，以及藝術愛好者等，牠們全都是超人。牠們總在燈火通明的沙龍裡愉快地交談。不僅如此，有時牠們還會得意洋洋地相互炫耀自己的超人本色。例如，有一個雕塑家在大羊齒蕨的盆栽間抓住一隻年輕河童，大玩同性愛。還有一隻雌性小說家站在桌子上，一連喝下六十瓶苦艾酒。當牠喝完第六十瓶苦艾酒後，忽然跌落桌子下，隨之一命嗚呼哀哉。

某一個月色美好之夜，我和詩人特庫雙手交叉在胸，從超人俱樂部走回來。那天的特庫和往常不一樣，一路上悶悶不樂、一言不發。這時候，我們正從透出燈光的一扇小窗前走過。窗內有一對狀似夫婦的雌雄河童，以及二、三隻小河童圍著飯桌正在進餐。看到這種情景，特庫嘆了一口氣，突然對我說道：

「雖然我自認是超人戀愛專家，看到那種溫馨的家庭，也會感到羨慕啊！」

「無論怎麼想，你不覺得很矛盾嗎？」

月光下，特庫依然雙手抱臂，盯著窗內看——那五隻河童圍著飯桌和樂融融的情景。一會兒後，牠又答道：

「不管怎麼說，桌上那盤煎蛋比起戀愛更有益身心。」

六

實際上，河童的戀愛觀與我們人類的戀愛觀大異其趣。雌河童一旦看到中意的雄河童，便會立刻不擇手段去抓住那隻雄河童，縱使是最溫和的雌河童也是不顧一切勇猛前進。我真的看過一隻雌河童近似瘋狂般追求雄河童。不，不僅如此，年輕的雌河童就不必說了，連牠的雙親及兄弟也會一起上陣幫忙追雄河童。因此，雄河童就很悲慘，只能奮不顧身狼狽逃跑，縱使運氣好沒有被抓到，免不了要在床上躺個兩、三個月。有一次，我正在自己家中讀特庫的詩集。那隻叫拉普的學生突然破門而入。拉普跌跌撞撞衝進來，立刻倒臥地板上，斷斷續續地說道：

「好險！差點被人家抓住！」

我急忙扔下詩集，趕緊將門上鎖。從鎖孔往外窺視，看到一隻臉上塗著硫磺粉，身材矮小的雌河童還在門口徘徊。從那天起，拉普就躺在我家地板上好幾個星期。不僅如此，拉普的嘴巴在不知不覺中竟然爛掉了。

當然也不是沒有拼命追雌河童的雄河童。不過，那也有可能是出自雌河童所設下的圈套，造成雄河童不得不去追求。我曾看過一隻雄河童好像發瘋般追求雌河童。那隻被追的雌河童在逃跑時，常常故意停下來或四腳趴在地上。一旦看到時機差不多了，雌河童便會表現出精疲力竭的模樣，開心地故意被對方抓住。我看到雄河童一把抱住雌河童時，總會順勢在地上翻滾一陣子。當雄河童終於起身站起來，雄河童卻露出不知是失望，還是後悔的——總之是一種難以形容的表情，看起來真是可憐兮兮。不過，這種情況還算好。我曾看到一隻小雄河童追著雌河童，雌河童照例誘惑性地作勢逃跑。這時候，有一隻大雄河童哼著歌，從對街走過來。雌河童一看到這隻大雄河童，也不知哪來的靈感突然尖叫：「不好啦！救命啊！那隻河童要殺我！」大雄河童當然立刻抓住小雄河童，將牠撂倒在道路中央。只見小雄河童長著蹼的手在半空掙扎兩、三下，就一動也不動死了。但是，這時候的雌河童卻笑呵呵地緊摟著大雄河童的脖子。

我所認識雄河童都異口同聲說自己曾經被雌河童追過。就連有婦之夫的拔古也不例外，還曾被抓過兩、三次。倒是有一個叫馬格的哲學家（這隻河童住在詩人特庫的隔壁）從來不曾被抓過。其原因之一，像馬格這般醜陋的河童實屬罕見。另外一個原因，則是馬格鮮少在外頭露臉，總是蟄居家中。我也常常到馬格家去聊天。馬格總是躲在昏暗的房間裡，點著彩色玻璃提燈，面向高腳書桌，盡讀些厚厚的書。有一次，我曾和馬格討論河童的戀愛觀。

「為什麼政府不針對雌河童追雄河童的怪象嚴加取締呢？」

「原因之一是政府官僚中雌河童比較少。雌河童的嫉妒心比雄河童更強烈，只要雌河童官僚的數量增加，雄河童肯定就不會被窮追猛跟吧！不過那也未必就能收到功效。你說說看為什麼呢？因為官僚之間，雌河童也一樣猛追雄河童嘛！」

「那麼，像你這樣的生活應該最幸福吧！」

馬格從椅子上站起來，握著我的雙手，嘆了一聲氣，說道：

「因為你不是河童，自然無法體會我們的心情。其實，我有時候也很希望讓那些可怕的雌河童追求看看啊！」

七

有時候，我也會跟詩人特庫一起參加音樂會。至今難忘的是第三次前往音樂會所發生的事情。音樂會的會場，大致上和日本沒什麼差別。同樣都是階梯式的聽眾席，三、四百隻的雌雄河童，手持節目單，聚精會神地聆聽。第三次去參加音樂會時，除了特庫和特庫的女友外，還有哲學家馬格也一起同往，我們坐在最前排的位子。大提琴獨奏完畢，有一隻眼睛瞇得幾乎成一條線的河童，落落大方抱著樂譜就登上舞台。依照節目單的介紹，這隻河童正是有名的作曲家庫拉巴克。就如節目單所介紹——不，根本不需要看節目單。因為庫拉巴克也是特庫所屬超人俱樂部的會員，所以我曾見過牠。

「Lied ——Craback」（這個國家的音樂會節目單，大抵都是使用德語）。

庫拉巴克在如雷的掌聲中，向我們行過一禮，靜靜地走到鋼琴前。隨後即興彈奏自己所寫的曲子。依據特庫的說法，庫拉巴克是河童國空前絕後的天才音樂家。我不僅喜愛牠的音樂，對於牠的業餘愛好——抒情詩也很感興趣，不由得全神貫注沉醉在那台鋼琴的美妙樂聲中。特庫、馬格陶醉到恍惚的神情絲毫不亞於我。不過那隻漂亮的（至少依照河童們的說法）雌河童始終緊握節目單，不時還會不耐煩地伸出長長的舌頭來。聽馬格說，大約十年前這位漂亮的雌河童曾熱烈追過庫巴拉克，卻未能如願，所以至今都視這個音樂家為眼中釘。

當庫拉巴克熱情洋溢，如戰鬥般持續彈奏鋼琴。會場上，突然響起如雷的喊叫聲：「禁止演奏！」我大吃一驚，不由地轉頭一看。原來是坐在最後一排，一個身材高大的警察正高聲大喊。警察在我回頭之際，依然悠然自在地坐著，同時以比剛才更大音量再次怒吼道：「禁止演奏！」然後——

整個會場陷入大混亂。「警察無禮！」「庫拉巴克，繼續彈！繼續彈！」「混蛋！」「畜牲！」「滾出去！」「不要理牠！」——此起彼落的高喊聲中，椅子被踢倒，節目單亂飛，不知是誰亂扔，甚至連汽水瓶、石頭、咬過的小黃瓜都從天而降。一時之間，我看得目瞪口呆，只好問特庫到底怎麼回事？看起來特庫很興奮，往椅子上一站，高聲大喊：「庫拉巴克，彈！繼續彈！」連那隻漂亮的雌河童也好像忘記敵意了，大喊「警察蠻橫無理！」激動程度絕不輸給特庫。我不得已，只好轉向馬格問道：

「到底怎麼回事呢？」

「你是說這情形嗎？在這個國家裡，這種事常發生。原本像繪畫，文藝啦……」

馬格一發現有東西飛過來，趕緊脖子一縮，然後平靜地繼續為我說明：

「原本像繪畫，文藝之類的創作，到底要表現什麼？任誰都能一目了然，因此這個國家對這些絕不會有禁止發售、禁止展出的措施。唯獨對音樂卻要禁演。這也難怪！不管怎麼說，無論如何敗壞風俗的曲子，沒有耳朵的河童如何能夠辨識呢？」

「可是那個警察有耳朵嗎？」

「是啊！那真是令人懷疑。大概牠在聽到剛才的曲子時，突然想起和老婆在被窩中的激情吧！」

就在我們談話之間，會場愈來愈混亂了。庫拉巴克依然坐在鋼琴前，傲然地把頭轉向觀眾席。不過，無論有多麼傲然，也不得不避開不時飛過來的各種東西。因此，每隔二、三秒鐘，特意擺出來的架勢也得變一下。總之，大致上維持住大音樂家的威嚴，瞇成一條線的眼睛閃出銳利的光芒。我——我為避開危險，當然一直把特庫當成盾牌。不過，好奇心的驅使之下，還是忍不住繼續跟馬格談話。

「這種檢查制度為免太粗暴了？」

「怎麼會？比起其他任何國家的檢查制度，反而算是進步多了。比方說，你看看××國，一個月前不就是……」

剛好說到這裡的時候，有一個空瓶從天而降，恰巧砸中牠的腦門，牠大叫一聲「quack」（這只是一個驚嘆詞），就不省人事了。

八

我對玻璃公司社長戈魯有一種莫名的好感。戈魯算是資本家中的資本家。在這個國家裡，恐怕找不出像戈魯肚子這麼大的河童了吧！不過，長的像荔枝的妻子和狀似黃瓜的孩子陪伴左右，牠坐在安樂椅上的模樣，幾乎可以說這就是幸福。我時常跟著法官貝布、醫生恰克一起去戈魯家共進晚餐。我還拿著戈魯的介紹信，參觀過與戈魯或戈魯友人相關的各種工廠。其中，最令我感到印象深刻的就是書籍製造工廠。當我和陪同參觀的年輕河童技師走進工廠，看到水力發電的大型機械時，忍不住驚嘆河童國機械工業之進步。聽說那裡每年製造的書籍高達七百萬本。不過，我所驚訝的還不只是書籍的數量。而是製造那麼多數量的書籍絲毫不費力氣。在這個國家製造書籍無需太多人力，製造書籍只需把紙、油墨，以及灰色粉末放進機器的漏斗狀洞口就可以。把那些原料放進機器後，幾乎不到五分鐘就能生產出菊版、四六版、菊半裁版等無數本的書籍。我眼看著宛如瀑布般不斷流出來各式各樣的書，向抬頭挺胸的河童技師打聽，灰色粉末是什麼原料呢？沒想到技師站在發出黑光的機械前，索然無味地答道：

「這個嗎？那是驢子的腦髓。就是將腦髓乾燥後，碾成粉末就可以了。市價一噸二、三錢。」

如此的工業奇蹟當然不僅止於書籍製造公司。無論是繪畫製造公司，還是音樂製造公司，也都是同樣的方式。據戈魯所說，實際上，在這個國家裡平均每個月都開發出七、八百種機械，任何事物都不需要人力，就可以大量生產。因此，被解雇的職工不下四、五萬隻。既然如此，每天早上閱讀報紙，為什麼不曾見過「罷工」這個詞出現。我覺得太不可思議，趁著有一次和貝布、恰克一起到戈魯家晚餐的機會，就把這個疑問提出來。

「那些河童全都被吃掉了。」

戈魯的嘴巴叼著飯後雪茄，若無其事地說道。但是我對於所謂「那些河童全都被吃掉了」，實在不明白其中的意思。戴著夾鼻眼鏡的恰克，看到我充滿疑惑的神情，從旁為我加以說明道：

「那些職工都被殺死了，肉就用來當成食品。你看看這則報導！因為本月有六萬四千七百六十九隻職工被解雇，因此肉品也會降價。」

「職工就毫不反抗地被殺嗎？」

「縱使想反抗又能怎樣呢？因為有《職工屠殺法》啊！」

最後這句話是坐在山桃盆景後方，臉色沉重的法官貝布所說的。對於這種事，我當然感到很不愉快。不過主人戈魯就不必說了，連法官貝布、醫生恰克好像都認為這是理所當然的作法。恰克還邊笑邊以嘲諷的口吻對我說道：

「總之，比起一些國家讓職工餓死啦、自殺啦，這樣不是省事多了嗎？只不過讓牠們聞一下有毒瓦斯而已，根本沒有太多痛苦。」

「但要，把牠們製成肉品來吃，實在……」

「別說笑了！假如被馬格聽到的話，少不了一陣狂笑吧！在你們的國家裡，不是也有第四階級[1]的女兒淪為妓女嗎？你為吃食職工的肉而憤慨不已，那就是感傷主義囉！」

聽到我和恰克的這番對話，戈魯把桌上盛著三明治的盤子推向我，毫不在意說道：

「怎麼樣？要不要來一塊呢？這也是職工的肉製成的呀！」

我當然敬謝不敏。不，何止如此。我立刻在貝布和恰克的笑聲當中，衝出戈魯家的客廳。那一晚，家家戶戶的上空既無月光，也無星光，整個天空黯然無色。我在一片漆黑走回自己的家，一路狂吐不止。縱使在黑夜中，也看得出吐出的是白色的嘔吐物。

九

不過，玻璃公司社長戈魯確實是一隻親切的河童。我經常和戈魯一起前往牠所屬的俱樂部，度過愉快的夜晚。這個俱樂部比起特庫所屬的超人俱樂部，感覺更為舒適。不僅如此，雖然戈魯所說的話不像哲學家馬格般意涵深遠，卻讓我窺探到全然嶄新的世界——一個遼闊的世界。戈魯總是邊以純金的茶匙攪拌杯內的咖啡，邊愉快地跟我聊天。

1 第四階級指勞工階級。原義為一八四八年，法國二月革命激進市民階級以及勞工階級。封建社會中，將國王、諸侯稱為第一階級，貴族、僧侶稱為第二階級，中產階級稱為第三階級。

某一個濃霧的夜晚，我隔著一只插著冬薔薇的花瓶，聽戈魯在閒談。屋內的整體設計就不必說了，我記得無論是椅子還是桌子全是白色滾上細細的金邊，整個房間簡直就是新藝術派風格。戈魯比平日更得意，臉上滿是微笑，剛好談到目前獲得政權的Quorax黨內閣的時事。所謂Quorax這個語彙是一個不具任何意義的感嘆詞，只能翻譯為「哎呀」。總之，這個政黨標榜的就是「全體河童的利益」。

「領導Quorax黨的黨魁是有名的政治家洛佩。所謂『誠信是最好的外交』是俾斯麥的名言吧！但是，據說洛佩也將誠信用諸於內政上……」

「不過，洛佩的演說中……」

「好，你聽我說。那個演說當然都是謊言。但是因為大家都知道是謊言，所以誠實地讓大家知道是謊言還是有誠信啊！假如把這些一概都認定是謊言，那就只是你的偏見而已。我們河童不像你們……不過那些根本就無所謂。我要說的是洛佩的事。洛佩控制Quorax黨，指揮洛佩的則是Pou-Fou（所謂Pou-Fou這個語彙，仍是一個不具任何意義的感嘆詞，勉強翻譯的話，只能翻譯為「啊」）新聞社的社長庫依庫依。但是庫依庫依本身也並不能夠作主。實際上，指揮庫依庫依的正是你眼前的戈魯。」

「不過——也許這樣說很失禮，Pou-Fou新聞不都是站在勞工那一邊的媒體嗎？所謂社長庫依庫依受你的指揮……」

「沒錯，Pou-Fou新聞的記者全部都站在勞工的立場。但是控制記者的則是庫依庫依，而庫依庫依又不得不接受我的援助。」

戈魯仍然邊露出微笑，邊把弄純金茶匙。看到戈魯這模樣，比起憎惡戈魯，我更同情Pou-Fou新聞社的記者。戈魯見我默不吭聲，立刻看出我對記者的同情，於是鼓起牠那便便大腹，如此說道：

「哎呀！Pou-Fou新聞的記者也不全都站在勞工的立場。至少對我們河童而言，與其選擇要站在誰那一邊，不如先站在自己這一邊。……不過，非常麻煩的是連戈魯本身也得受制於他者。你認為那是誰呢？那就是我的妻子！美麗的戈魯夫人囉！」

戈魯放聲大笑。

「不如說這樣很幸福吧！」

「總之，我很滿足。但是，這也只是在你的面前——唯獨在不是河童的你面前，我才會毫無顧忌地高談闊論。」

「這麼說來，Quorax內閣是由戈魯夫人所掌控。」
「是啊！也可以這麼說。……不過，七年前的戰爭確實是起因於一隻雌河童。」
「戰爭？這個國家也有戰爭嗎？」
「當然有。不知將來什麼時候還會發生。只要有鄰國的話……」
實際上，這時候我才知道原來河童國不是一個孤立的國家。依戈魯的說明，河童一直都把水獺當成假想敵。水獺擁有不亞於河童的軍備。我對河童和水獺的戰爭故事相當感興趣。（因為所謂河童的強敵是水獺為新發現的事實，《水虎考略》的作者就不必說了，連《山島民譚集》的作者柳田國男[2]也不知道。）
「在那場戰爭爆發前，兩國當然都不敢大意互相防備。因為彼此都同樣害怕對方。話說有一隻住在本國的水獺，去拜訪某對河童夫婦。那隻雌河童打算殺死自己的丈夫。因為丈夫是好吃懶做、不務生產的河童。加上雌河童又為雄河童買了人壽險，保險金多少也是誘因。」
「你認識那對夫婦嗎？」
「是——不，只認識雄河童。我的妻子說這隻雄河童是一個壞蛋。可是就我看來，與其說是壞蛋，不如說他整天害怕被雌河童抓住，是個患有被害妄想症的瘋子吧！因此，雌河童在丈夫的可可杯子裡放入氰化鉀。可是不知為什麼弄錯了，竟被水瀨客人給喝下去。水瀨當然就死了。然後……」

「然後，就這樣爆發戰爭嗎？」

「對，因為很不巧那隻水瀨是得過勳章的。」

「戰爭的結果，哪一方勝利呢？」

「當然是我們國家勝利。有三十六萬九千五百隻河童英勇戰死。不過，比起敵國，那根本不算什麼損害。我們國家的毛皮大抵上都是水瀨皮。戰爭期間，我除了製造玻璃外，還把煤渣運送到戰場。」

「煤渣有什麼用處呢？」

「當然是充當糧食。我們河童肚子一餓，什麼都可以吃。」

「怎麼會這樣？——請不要生氣。對於在戰地的河童來說……這在我們國家可是醜聞。」

「在這個國家肯定也是醜聞。但是，只要我自己也如此說的話，誰都不會認為

---

2 柳田國男（1875-1962），日本第一位從事民俗學田野調查的學者。

是醜聞。哲學家馬格不也說過嗎？『汝之惡，汝自言之。其惡自滅之。』……何況我除了謀取利益外，也因熊熊燃燒的愛國心使然。」

這時候，剛好俱樂部的服務生進來。服務生向戈魯鞠躬行禮後，如同朗誦詩歌般，說道：

「府上鄰居家發生火災。」

「火——災！」

戈魯驚訝得立刻站起來。我當然也趕緊站起來。不過，服務生卻很鎮靜地，又補充一句話：

「然而，火災已經撲滅了。」

戈魯目送服務生離開，露出哭笑不得的表情。看到牠這張臉，我發現不知從什麼時候開始，自己竟憎惡起這隻玻璃公司的社長。不過現在站在這裡的戈魯，既不是什麼大資本家，也沒什麼了不起，只是一隻普通的河童而已。我拔起花瓶中的冬薔薇，放在戈魯的手中，說道：

「雖然火災已經撲滅，太太一定飽受驚嚇，這花帶回去吧！」

「謝謝。」

戈魯握住我的手，冷不防露出一抹微笑，向我低聲說道：

「鄰居是我的房客。至少我可以領取火災險的保險金。」

至今，我仍記得戈魯當時那一抹微笑——既無法讓人輕蔑，也無法讓人憎惡的微笑。

十

「怎麼了？今天怎麼悶悶不樂呢？」

火災後的翌日，我嘴叼香菸，對著坐在我家客廳椅子上的學生拉普問道。其實，拉普的右腳放在左腳上，呆呆地看著地板低垂著頭，幾乎看不到牠那張爛掉的嘴。

「拉普，怎麼啦？」

「沒事啦！只是些微不足道的事啦……」

拉普終於抬起頭，帶著傷心的鼻音，說道：

「今天我往窗外看，漫不經心嘟囔道：『捕蟲堇開花了』。沒想到妹妹一聽，臉色大變，對我亂發脾氣，說什麼『反正我就是捕蟲堇啊！』老媽也護著妹妹，又把我罵一頓。」

「為什麼說句捕蟲堇開花，就會惹惱妹妹？」

「唉！可能誤會是捕抓雄河童的意思吧！原本跟老媽就不合的嬸嬸也來插一腳，事情愈鬧愈大。一年到頭都醉醺醺的老爸聽到吵鬧聲，隨便抓到人就打。弟弟趁著一片混亂，偷走老媽的錢包跑去看電影什麼的。我……我實在……」

拉普用雙手摀住整張臉，一聲不響就哭出來了。我當然很同情牠。同時當然也想起詩人特庫對家族制度的輕蔑。我拍拍拉普的肩膀，拼命地安慰牠。

「家家有本難念的經。勇敢去面對吧！」

「但是……但是，假如我的嘴巴沒爛掉的話……」

「那種事只能看開些。走吧！一起到特庫家吧！」

「特庫看不起我。因為我無法像特庫那麼勇敢把家人拋棄。」

「那麼，就到庫拉巴克家吧！」

從那一場音樂會以來，我便與庫拉巴克結為朋友，於是帶著拉普前往那個大音樂家庫拉巴克的家。庫拉巴克所過的生活，遠比特庫還奢侈。可是也不像資本家戈魯那樣過日子。庫拉巴克的家擺滿各式各樣的古董——塔納格拉陶俑、波斯陶器等，還有一把土耳其風的長椅子。庫拉巴克經常在自己的畫像下，和孩子們玩耍。但是，今天到底怎麼回事？牠雙手交叉抱在胸前，沉著一張臉坐在椅子上。不僅如此，腳底下到處都是紙屑。拉普和詩人特庫應該也經常和庫拉巴克見面才對。但是看到這種模樣，拉普有禮貌地向牠鞠躬致意後，就默默坐在屋內的角落。

「怎麼回事啊？庫拉巴克。」

我以這句話搭訕，代替向大音樂家的問候。

「怎麼回事啊？那些笨蛋評論家！竟然說什麼我的抒情詩比不上特庫的抒情詩。」

「但是，你是音樂家……」

「假如只是那樣也還能忍受。牠們還說我跟洛克相較之下，根本稱不上是一個音樂家。」

洛克是屢屢被拿來和庫拉巴克相比較的音樂家。不過，因為牠不是超人俱樂部的會員，所以我不曾和牠說過話。倒是經常在照片上看到牠那一張嘴唇上翻、極有個性的臉。

「洛克確實是一個天才。但是，洛克的音樂不像你的音樂般熱情洋溢。」

「你真的這麼認為嗎？」

「當然。」

庫拉巴克突然站起來，順手抓起一個塔納格拉陶俑，猛然往地板上摔。拉普驚嚇不已，大叫一聲想要逃跑。不過，庫拉巴克對拉普和我，做出一個「不要怕」的手勢，然後冷冷地如此說道：

「那是因為你也和俗人一樣不具有聽力。我怕洛克……」

「你？不要裝謙虛！」

「誰在裝謙虛？首先，假如我要在你們面前裝謙虛的話，還不如在評論家面前裝。我——庫拉巴克是天才。就這一點我不怕洛克。」

「那麼，你怕什麼呢？」

「怕那不明真相的東西——換句話，怕那掌控洛克的星星。」

「我實在聽不懂。」

「如果這麼說應該就懂了吧！洛克不會受到我的影響。我卻在不知不覺受到洛克的影響。」

「那是你的感受……」

「你注意聽。那並不是感受的問題。洛克總是平靜地做只有牠自己能夠做的工作。可是我卻焦躁不安。從洛克的眼睛看來，也許只是一步之差。可是就我而言，卻有十里之遠的差異。」

「然而，你的英雄曲……」

此刻，庫拉巴克的瞇瞇眼瞇得更細，怒氣沖沖地瞪著拉普。

「閉嘴。你們懂什麼？我很了解洛克。比那些對洛克低聲下氣的狗奴才還更了解。」

「好啦！稍微冷靜一下。」

「假如我能夠冷靜的話……我常這麼思考——我們所不知道的什麼東西為了要嘲諷我，為了嘲諷庫拉巴克，所以讓洛克站在我的面前。哲學家馬格對這些事一清二楚。不要以為牠只會躲在彩色玻璃燈下閱讀那些老舊的書籍。」

「為什麼？」

「你自己去讀一讀最近馬格所寫的《傻子的話》……」

庫拉巴克遞給我一本書——不如說是丟給我。然後，又雙手交叉抱在胸前，無精打采說道：

「那麼，今天就失陪了。」

我和垂頭喪氣的拉普一起又走回大馬路上。熙來攘往的街道兩旁，山毛櫸樹蔭下各種商店櫛比鱗次。我們什麼話也沒說，只是默默地走著。沒想到碰到恰巧路過的長髮詩人特庫。特庫一看到我們，從腹部的口袋掏出手帕，擦了好幾次額頭。

「哇！久違了。我正想去找好久不見的庫拉巴克……」

我暗忖讓這些藝術家起爭端並不好，於是婉轉告訴特庫，現在庫拉巴克的心情很不好。

「是嗎？那還是不要去。庫拉巴克可能因為神經衰弱所致。……其實，我這二、三週來也都睡不好，神經很衰弱。」

「這樣啊！那要不要跟我們一起去散步？」

「不，今天就算了。哎喲！」

特庫突然大叫一聲，緊緊抓住我的手腕，而且全身冒冷汗。

「怎麼了？」

「到底怎麼了？」

「我看到一隻綠色的猴子從汽車的窗子伸出頭來。」

我有些擔心，勸牠先去給恰克醫師診斷一下比較好。可是無論怎麼勸說，牠還是不願意。不僅如此，還帶著懷疑的眼神看看我，又看看拉普，甚至如此說道：

「我絕對不是無政府主義者。這一點千萬不要忘記。——那麼，就此告別。恰克那裡我絕對不去。」

我們茫然地站在那裡，目送特庫的背影離去。我們——不，不是「我們」，學生拉普不知何時跑到馬路中央，張開雙腿，低頭從兩腿之間往後看著車來人往的景象。我心想難道這隻河童瘋了嗎？嚇得趕緊把拉普拉起來。

「不要開玩笑！你在做什麼？」

沒想到拉普揉一揉眼睛，出乎意料地平靜，答道：

「沒什麼。因為太鬱悶，所以想倒過來看看這世間而已。結果都是一樣。」

十一

這是哲學家馬格《傻子的話》一書中的幾段——

*

傻子深信除了自己之外誰都是傻子。

*

我們之所以喜愛大自然，因為大自然既不會憎恨我們，也不會忌妒我們。

*

最聰明的生活方式是輕蔑那個時代的風尚，卻又絲毫不違背它而生活著。

*

我們最想誇耀的事物，就是我們所未擁有的事物。

*

不是任何人對於打破偶像都持有異議。同時並不是任何人對於成為偶像都持有異議。然而，能夠安坐於偶像寶座，乃是神的恩賜者——傻子？惡人？英雄？（庫拉巴克在這段話上留下指甲的抓痕。）

＊

我們生活所必要之思想，也許在三千年前已然乾涸。我們僅是將舊柴添進新火而已吧！

＊

我們的特色是對超越本身的意識當成習以為常。

＊

假如幸福伴隨著痛苦，和平伴隨著倦怠的話……

＊

為自己辯護比為別人辯護更困難。懷疑者，就請看一看律師吧！

*

矜誇、愛欲、疑惑——三千年來，一切的罪惡都源自此。同時一切的德行恐怕也源自於此。

*

減少物質欲望未必能帶來和平。我們為獲得和平，也得減少精神欲望不可。（庫拉巴克在這段話上也留下指甲的抓痕。）

*

我們比人類更不幸，人類沒有河童開化。（我讀這一段話時，忍不住笑出來。）

*

欲成事必能成之，能成之事必成之。我們的生活終究無法脫離這種循環論中。——也就是，始終都是不合理。

＊

波特萊爾成為白痴後，僅以一詞——「女陰」來表白他的人生觀。不過談到他，這個詞並不足以說明他自己。毋寧說他是「天才」。——因為信賴足以維持他生活的寫詩天分，使他忘記胃囊一詞。（庫拉巴克在這段話上也留下指甲的抓痕。）

＊

假如理性能夠貫徹的話，我們當然就得否定我們自身的存在。視理性為神明的伏爾泰之所以能幸福地終其一生，這就顯示人類沒有河童開化。

十二

一個較為寒冷的午後，我讀厭《傻子的話》，就出門走走想去探訪哲學家馬格。在冷清的街道角落，看到一隻瘦得像蚊子的河童，呆呆地倚著牆壁。沒錯！就是上次偷走我鋼筆的那隻河童。我心想，這下可好了。於是叫住剛好路過的一個身材魁武的警察。

「請您盤問那隻河童。大約一個月前牠偷走了我的鋼筆。」

警察舉起右手的棍子（這個國家的警察不配劍，而是持水松木棍，）對那隻河童叫道：「喂！就是你。」我猜想那隻河童或許會逃跑吧！出乎意料，牠很沉著地走近警察身邊。不僅如此，雙手交握在胸，非常傲然地緊盯著我的臉和警察的臉看。不過，警察並不生氣，從腹部口袋拿出本子，立刻就盤問道：

「你叫什麼名字？」

「古魯克。」

「職業呢？」

「二、三天前還在當郵差。」

「好。這個人告發說你偷走他的鋼筆。」

「對，一個月前偷的。」

「為什麼要偷鋼筆？」

「想偷給孩子當玩具。」

「孩子呢？」

這時候，警察才露出銳利的眼神注視那隻河童。

「一星期前死了。」

「你有死亡證明嗎？」

瘦巴巴的河童從腹部口袋拿出一張紙來。警察過目後，忽然笑咪咪地拍拍對方的肩膀說：

「沒事，辛苦了。」

我都看傻了，直瞪著警察看。那隻瘦巴巴的河童一邊不知嘟囔些什麼，一邊從我背後離去。我終於回過神，向警察問道：

「為什麼不逮捕那隻河童呢？」

「那隻河童無罪。」

「可是牠偷走我的鋼筆……」

「不是因為偷給孩子當玩具嗎？可是孩子已經死了。假如有任何疑問，你可以去查閱刑法第一千二百八十五條。」

警察話一說完，便匆匆離去。無可奈何之下，我嘴中反復唸著「刑法第一千二百八十五條」，急忙前往馬格家走去。哲學家馬格很好客。今天在昏暗的屋子裡，聚集法官貝布、醫生恰克以及玻璃公司的社長戈魯，牠們坐在彩色玻璃燈下正在吞煙吐霧。對我來說，法官貝布剛好在場，真是再好不過了。我坐在椅子上，也沒去查閱刑法第一千二百八十五條，就迫不及待向貝布問道：

「貝布，實在非常失禮。請問在貴國都不處罰犯人嗎？」

貝布先悠悠地吸了一口金嘴香菸，接著露出索然無味的表情答道：

「當然要處罰。甚至還有處死刑的。」

「但是，我一個月前……」

當我把事情原委敘述一遍後，詢問刑法第一千二百八十五條的內容是什麼。

「嗯，那一條的內容是這樣——『無論犯下何種罪，使之犯罪的情事一經消失後，即不得處罰該犯罪者』。總之，你的情況就是，雖然那隻河童曾經當過父親，但因為現在已經不是父親，所以所犯下的罪自然就消滅了。」

「這樣很不合理呀！」

「別開玩笑。把曾經是父親和現在是父親等同視之，才叫不合理。喔！對。

對。日本的法律是等同視之。這讓我們感到很滑稽。呵呵呵呵呵……」

貝布扔掉香菸，嘲諷地笑著。然後，和法律不太相干的恰克也來插嘴。恰克先把夾鼻眼鏡扶正，對我如此問道：

「日本也有死刑嗎？」

「當然有。日本有絞刑。」

我對態度冷漠的貝布多少產生反感，想趁這機會諷刺牠一頓。

「這個國家的死刑也比日本文明吧？」

「當然是文明。」

貝布依然老神在在地答道。

「這個國家不使用絞刑。偶而會使用電刑。不過，大致上連電刑也不使用。只是把所犯下的罪名唸給牠聽而已。」

「那樣河童就會死嗎？」

「當然會死。因為我們河童的神經系統比你們人類微妙。」

「不只是死刑。殺人也可以使用同樣的手法……」

戈魯社長在彩色玻璃燈光照耀下，整張臉成為紫色，牠露出親切的笑容。

「最近，我被一個社會主義者說『你是小偷』，以致差點引發心臟痲痺症。」

「那種事出乎意料地多啊！我認識的一個律師，也因為這樣而死亡。」

我轉頭看一下這個插嘴的河童——哲學家馬格。馬格依然露出帶著嘲諷的微笑，誰都不看，自顧自地說話。

「有一隻河童被說是青蛙——你當然也知道吧，在這個國家裡，被說是青蛙等同人類被說不是人的意思。——那隻河童，每天都在想著，我是青蛙嗎？我不是青蛙嗎？不久就死掉了。」

「那不就是自殺嗎？」

「原本說那隻河童是青蛙的傢伙，就是打算置牠於死地。就你們看來，果然會說是自殺……」

當馬格正在說此話時，突然從這屋子牆壁的另一邊——確實是詩人特庫的家，傳來一聲刺耳的槍聲，槍聲宛如欲把空氣翻轉般響遍屋內。

十三

我們趕緊衝到特庫的家中。只見到特庫右手握著手槍，從頭頂的凹盤冒出血，仰躺在高山植物的盆栽之間。牠的身旁有一隻雌河童，整張臉趴在特庫的懷中放聲大哭。我一邊扶起雌河童（其實，我不喜歡碰觸到河童濕滑的肌膚），一邊問道：

「怎麼會這樣？」

「我不知道怎麼會這樣？本來牠正在寫些什麼，突然就開槍射自己的頭。哇！我該如何是好？qur-r-r-r-r, qur-r-r-r-r」（這是河童的哭聲。）

「無論怎麼說，特庫實在太任性了。」

玻璃公司的社長戈魯顯得很哀傷地邊搖頭，邊對法官貝布說道。貝布卻是什麼話都沒說，默默點了一根金嘴香菸。一直跪在特庫身邊，忙著檢查傷口的恰克，一派醫生的口吻，對我們五人（其實是一個人和四隻河童）宣告：

「不行了。原本特庫就罹患胃病，這種病很容易引發憂鬱症。」

「聽說牠正在寫些什麼吧。」

哲學家馬格好像在為特庫辯解般，一邊自言自語，一邊拿起桌上的紙。大家都伸長脖子（當然我例外），隔著寬肩膀的馬格看那一張紙。

別了，我要走了。走向隔絕娑婆世界的山谷。
走向岩石陡峭，溪水清澈，
藥草花香的山谷。

馬格回頭看我們露出微微地苦笑，說道：

「這是剽竊歌德的《迷娘歌》。這麼說來，特庫之所以自殺，是因為作為一個詩人當得太疲倦了。」

這時候，音樂家庫拉巴克剛好搭著汽車前來。庫拉巴克一看這種情景，在門口站了一下子。然後，走向我們，怒氣沖沖對馬格說道：

「那是特庫的遺書嗎？」

「不是，最後寫的詩。」

「詩？」

馬格依然老神在在，把特庫的詩稿遞給氣沖沖的庫拉巴克。庫拉巴克目不轉睛地專注讀著詩稿。對於馬格的問話幾乎都不予回答。

「你對於特庫的死是怎麼想呢？」

「別了，我要走了……我也不知何時死亡……走向隔著娑婆世界的山谷。……」

「你不是特庫的好朋友嗎？」

「好朋友？特庫一直都是孤獨一人。走向隔著娑婆世界的山谷……只是特庫也太不幸……岩石陡峭……」

「不幸？」

「溪水清澈……你們是幸福的……岩石陡峭……」

因為我很同情那隻不停哭泣的雌河童，就輕輕地扶著牠的肩膀，帶著牠到屋子角落的長椅子。那裡有一隻大約二、三歲的小河童，不知情還在笑嘻嘻。我幫雌河童哄騙那隻小河童。不知何時，我感到自己的眼眶已經積滿淚水。我住在河童國期間，前後只有這一次流下眼淚。

「話說跟這麼任性的河童一起生活，家人真是可憐。」

「因為牠從來不考慮後果。」

法官貝布重新點燃一根香菸，一邊回答資本家戈魯。這時候音樂家庫拉巴克突然大叫一聲，我們都嚇一跳。庫拉巴克手握詩稿，不知對著誰叫喊：

「好極了！可以作一首精彩的送葬曲。」

庫拉巴克的瞇瞇眼閃耀著光芒，輕輕地握了一下馬格的手，突然衝出門外。那時候，左鄰右舍的許多河童，當然都聚集在特庫家的門口，好奇地往屋內窺探。不過，庫拉巴克不顧一切把聚集的河童往左右兩側推開，飛快跳上汽車。同時，汽車發出轟然一聲就不見蹤影了。

「好啦！好啦！不要在這裡東張西望。」

法官貝布替警察把大批的河童推出去後，關起特庫家的門。整個屋內突然變得靜悄悄。大家在一片寂靜中——混雜著高山植物的花香和特庫的血腥氣味，開始商量特庫的後事。不過，那個哲學家馬格凝視著特庫的屍體，呆呆地不知在想些什麼。我拍拍馬格的肩膀，問道：

「你在想什麼？」

「所謂河童的生活。」

「河童的生活，怎樣呢？」

「無論如何我們河童，為了張羅河童的生活……」

馬格好像有點不好意思，低聲加上如此一句。

「總之，應該還要相信除了我們河童以外的某種力量。」

十四

正是馬格的這一番話，讓我想起所謂宗教一事。我當然是一個物質主義者，從來不曾認真思考過宗教。但是，此刻因為特庫之死而受到某種感懷，開始思考河童的宗教到底怎麼回事呢？我立刻去請教學生拉普有關這個問題。

「我們的宗教有基督教、佛教、回教、拜火教等。但是，其中擁有最大勢力的還是近代教吧！又稱生活教。」（也許翻譯為「生活教」並不十分明確。原文為Quemoocha。Cha相當於英語中的ism[3]。quemoo的原文是quemal，雖然簡單翻譯為「生活」，其實還具有「吃飯、喝酒、性交」等意思。）

3 英文中以ism結尾，常表示主義、制度、學說。

「那麼，這個國家也有教會、寺廟之類的地方嗎？」

「不要開玩笑。近代教的大寺院是這個國家的第一大建築物啊！怎麼樣，要去參觀嗎？」

某一個暖和的陰天午後，拉普得意洋洋地帶我一起前往那個大寺院。竟然有聖尼古拉大教堂的十倍大。不僅如此，還是一座集所有建築樣式大成的大建築物。我站在大寺院之前，眺望高塔與圓頂時，甚至感到有些毛骨悚然。其實，那些真像是無數隻觸手伸向空中。我們佇立大門前（與這大門相較之下，我們顯得多麼渺小啊！），抬頭仰望一陣子這座與其說是建築物，不如說是近乎荒唐怪物的稀世大寺院。

大寺院內部十分寬敞。有幾隻來參拜的河童在科林斯式圓柱[4]間穿行。牠們看起來跟我們一樣，都顯得非常渺小。這時候，我們碰到一隻彎腰駝背的河童。拉普向牠點頭致意，客氣地說道：

「長老，看您身體安康，真是太好了。」

對方鞠躬回禮後，也是客氣地答道：

「這不是拉普嗎？你也……（牠說到這裡，忽然有點接不下話，可能是看到拉普爛掉的嘴巴吧！）嗯，你看起來不錯啊！今天怎麼有空來……」
「今天是陪這位客人來參觀。您也知道這位客人……」
於是，拉普開始滔滔不絕地介紹起我來了。這件事似乎可以成為牠替自己不常來大寺院作辯解的理由。
「那麼，是否可以請您為客人導覽呢？」
長老慈祥地露出微笑，向我打過招呼後，輕輕地指著正前方的祭壇，說道：
「雖說導覽，恐怕也不會有多大的幫助。我們這些信徒所禮拜的就是前方祭壇上的『生命之樹』。如您所看到的『生命之樹』，結有金色和綠色的果實。金色果實稱之『善果』，綠色果實則稱之『惡果』……」
我對於如此的說明感到有些無聊，因為長老好意的解說，聽起來都是些陳腔濫調的譬喻。我裝出認真聽講的模樣，卻不時地往大寺院的內部偷偷地瞥一眼。
科林斯式圓柱、哥德式穹窿、阿拉伯風的方格子地板、新藝術派風格的祈禱桌——種種所形成的協調感，令人感受到一種很不可思議的野蠻之美。不過，最吸

4 希臘古典建築，特點為葉紋裝飾的華麗柱項。

引我的還是兩側壁龕的大理石半身雕像。我總覺得好像認識那些人。當然這也沒什麼好奇怪，彎腰駝背的河童在結束「生命之樹」的說明後，帶著我和拉普走近右側的壁龕，開始介紹壁龕內的雕像：

「這是我們聖徒當中的一位——他是反叛所有一切的聖徒斯特林堡。據說這位聖徒受盡千辛萬苦，最後被斯威登堡的哲學所解救。實際上，他並未解脫。這位聖徒也跟我們一樣信仰生活教。——更確切地說，除此之外，別無他法。請您讀讀這位聖徒為我們所留下的那一本《傳說》。這位聖徒曾經告白自己是一個自殺未遂者。」

我變得有些憂鬱，眼睛瞥到下一個壁龕，那裡面的半身雕像是一個留著鬍子的肥胖德國人。

「這位是寫下《查拉圖斯特拉如是說》一書的尼采。這位聖徒向自己所創造出來的超人求救。不過，還是無法獲救，最後反而發瘋了。假如他不是發瘋的話，也許他就當不成聖徒了……」

長老沉默一會兒，開始解說第三個壁龕。

「第三個壁龕是托爾斯泰。這位聖徒比任何人都堅持苦行。因為原本他是一位貴族，不願意讓滿懷好奇心的大眾看到自己的痛苦。這位信徒努力想去信仰其實難以相信的基督。不，他甚至公開宣稱自己相信基督。不過，直到晚年終於無法忍受自己當一名悲壯的撒謊者。這位聖徒經常對自己書房內的大樑感到恐懼而廣為人知。不過，他既然可以入列聖徒之列，當然不會自殺。」

第四個壁龕的半身雕像是我們日本人。我一看到這張臉時，不由得有無限的懷念。

「這一位是國木田獨步[5]。他是一位詩人，很了解臥軌自殺工人的心情。不過，實在也無須多作說明。那麼，我們再去看第五個壁龕……」

「這不是華格納嗎？」

「是的。他是國王的朋友，一位革命家。聖徒華格納到了晚年時，連吃飯前都要祈禱。不過，與其說他是基督徒，當然不如說是生活教的信徒。從華格納遺留的信函，我們因而得知這位聖徒好幾次都快被塵世間的痛苦逼到死路。」

這時候，我們已經站在第六個壁龕之前。

5 國木田獨步（1871-1908），日本小說家、詩人。

「這一位是聖徒斯特林堡的朋友。他拋棄為他生下眾多子女的糟糠之妻，娶了一個十三、四歲庫依蒂島的女孩。他原本是一個法國商人，後來棄商從事繪畫。這位聖徒的粗血管中流著水手的血液。不過，請看他的嘴唇。還留著砒霜或是什麼的痕跡。第七個壁龕是……，您一定累了吧！那麼，請到這邊。」

實際上，我真的很累，所以與拉普隨著長老，走進一間廊下散發出芳香氣味的房間。那間小房間的角落擺著一座黑色維納斯像，下方供著一串山葡萄。我想像的僧房是沒有任何裝飾品，因此實在有些出乎意料。看起來長老可能察覺到我的心思，還沒等我坐下，就帶著同情的表情說道：

「請不要忘記我們信奉的是生活教。我們的神——因為『生命之樹』的教義，就是所謂『旺盛的生機』。……拉普，有沒有讓這位先生看過我們的聖經呢？」

「沒有……說實在的，我自己也幾乎都沒讀過。」

拉普抓一抓自己頭頂上的凹盤，坦率地如此回答。但是，長老依然安祥地微笑，繼續說道：

「那你就不知道了。我們的神在一天當中創造這個世界。（雖然所謂『生命之樹』是一棵樹，卻是無所不能。）不僅如此，還創造雌河童。由於雌河童感到太無聊，所以要求雄河童相伴。我們的神憐憫牠的哀嘆，於是取出雌河童的腦髓，創造出雄河童。我們的神給予這兩隻河童『吃吧！交合吧！旺盛地過日子吧！』的祝福……」

我聽了長老的話，不禁想起詩人特庫。很不幸，特庫跟我一樣是個無神論者。因為我不是河童，所以不知道生活教也不足為奇。但是，出生於河童國的特庫理應知道「生命之樹」才對。我為特庫不遵從這些教義的結局感到可憐，所以就岔開長老的話，而提起特庫的事。

「啊！那是一個可憐的詩人。」

長老一聽我的話，深深嘆了一口氣。

「決定我們命運的是信仰、境遇和偶然。（當然啦！您們在此之外，還要加上遺傳因素吧！）特庫很不幸，沒有宗教信仰。」

「特庫很羨慕你吧！不，我也很羨慕。拉普還年輕……」

「假如我嘴巴不要爛掉的話，也許我也會很樂觀。」

長老聽我們這麼說，再次深深嘆一口氣。而且還浸著眼淚，一直凝視黑色的維納斯像。

「其實我……這是祕密，請不要說出去。——其實，我也不相信我們的神。總有一天，我的祈禱……」

長老說到這裡時，房間的門忽然打開，一隻大雌河童冷不防地衝向長老。我們當然想拉住雌河童，但是雌河童一下子就把長老摔倒在地。

「你這個死老頭！今天又從我錢包偷錢去喝酒。」

十分鐘後，我們把長老夫婦留在那裡，落荒而逃似地走出大寺院的大門。

「看那樣子，長老不可能相信『生命之樹』啊！」

默默走了一會兒後，拉普如此對我說道。不過，我並未回答，只是回頭看著大寺院。在陰沉的天空中，大寺院的高塔和圓頂果然像無數隻觸手伸向空中。我不知為什麼，總覺得好像在沙漠的天空看到海市蜃樓般，飄浮著一種可怕的氛圍……

十五

這事之後約過了一週，我偶然從醫生恰克那裡聽到一件稀奇的事情。說是特庫家鬧鬼。這時候，雌河童不知跑到哪裡去，而我們這個詩人朋友的家已經變成攝影師的工作室了。依照恰克說法，在工作室所拍攝的照片，總會出現特庫模糊的身影站在客人的背後。原本恰克就是一個唯物主義者，根本不相信死後世界之類的說法。當牠說起這些時，嘴角邊浮現惡意的微笑，牠並作出這樣的解釋：「看來鬼魂之類也是物質性的存在啊！」我和恰克一樣，並不相信鬼魂之類。但由於和詩人特庫特別有親近感，所以立刻跑到書店，買些報導特庫鬼魂或刊載特庫鬼魂照片的新聞、雜誌。一看那些照片，確實有一隻很像特庫的河童，總是隱隱約約出現在男女老幼河童的背後。不過，比起那些照片最令我感到驚訝的，還是有關特庫鬼魂的報導——特別是心靈學協會所作一篇有關特庫鬼魂的報告。我費了相當大的功夫逐字翻譯這篇報告，大略如下。括號內是我加進去的注解——

〈詩人特庫鬼魂的報告〉（刊載於心靈學協會雜誌第八千二百七十四期）

我們心靈學協會在自殺身亡的詩人特庫舊居，現在為××攝影師的工作室□□街第二百五十一號舉辦臨時調查會。列席會員如下。（姓名從略）

九月十七日上午十時三十分，我等十七名會員和心靈協會會長佩谷先生，以及我們所信賴的靈媒皓蒲夫人的陪同，聚集於該工作室。當皓蒲夫人一踏進該工作室，便感受到有鬼魂游離其中，以致全身痙攣、數次毆吐。依照夫人的說法，因為詩人特庫性喜抽菸，因此鬼魂充滿尼古丁所致。

我等會員與皓蒲夫人默默圍坐圓桌。夫人於三分二十五秒後，急遽陷入夢遊狀態，詩人特庫的鬼魂已附在其身。我等會員依年齡順序，開始與附身於夫人身上的特庫的鬼魂有如下的對話。

問 你為何以鬼魂形態出現？

答 想知道自己死後的名聲。

問 你——或說鬼魂，死後還想求取名聲嗎？

答 至少我無法割捨。不過，我所邂逅的一位日本詩人卻輕蔑死後的名聲。

問 你知道那位詩人的姓名嗎？

答 很不幸，我已經忘記了。但是，我只記得他所作的十七字詩中的一首。

問 那首詩是什麼呢？

答 「青蛙撲通一聲跳進水池[6]」。

問 你認為這首詩是好詩嗎？

答 我並未認為這是一首壞詩。只是若將「青蛙」改成「河童」的話，就更精采了。

問 其理由為何？

答 我們河童在任何藝術領域中，都殷切爭取表現河童的形象。此時，會長佩谷先生提醒我等十七名會員，這是心靈協會的臨時調查會，並非文學評論會。

問 鬼魂的生活如何呢？

答 與你們的生活毫無差異。

問 那麼，你後悔自己的自殺行為嗎？

答 未必後悔。假如我對鬼魂的生活感到厭倦，我也可以拿起手槍來「自活」。

問 「自活」行為是否很容易呢？

特庫的鬼魂回答這問題時，依然以問句答覆。特庫的熟識者對此，理應覺得這

6 松尾芭蕉（1644-1694），被譽為「俳聖」。此為其著名俳句之一。

種回應方式頗為自然。

答 自殺行為是否很容易呢？

問 你們的生命是永恆嗎？

答 關於我們的生命眾說紛紜，惟皆不可信。不過千萬不可忘記，所幸我們也有基督教、佛教、回教、拜火教等宗教。

問 你本身的信仰為何？

答 我一向是一個懷疑主義者。

問 不過你至少不懷疑鬼魂的存在吧？

答 不像各位那般確信。

問 你的交友情況如何？

答 我的交友遍及古今東西，應該不下三百人。假如要舉出其中著名者，有克萊斯特、邁蘭德、魏寧格……

問 你的朋友都是自殺者嗎？

答 未必。為自殺辯護的蒙田也是我的畏友之一。不過，我不跟不自殺的厭世主義者——叔本華之輩交往。

問　叔本華還健在嗎？

答　目前他創立鬼魂厭世主義，持續討論著是否應該「自活」。不過，他一聽說霍亂也是細菌所引起的疾病，就頗為安心了。

我們會員依序問起拿破崙、孔子、杜斯妥也夫斯基、達爾文、克麗奧佩脫拉[7]、釋迦牟尼、德摩斯梯尼[8]、但丁、千利休等鬼魂的訊息。不過，很可惜特庫並未詳細回答，反而問起與自己本身相關的種種流言。

問　我死後的名聲如何呢？

答　某評論家說你是「微不足道的眾多詩人之一」。

問　他應該是對我未贈送詩集給他而懷恨在心。我的全集出版了嗎？

答　雖然你的全集已經出版，不過銷售得並不好。

問　我的全集在三百年後——也就是著作權失效後，應該會出現萬人爭相搶購的盛況。我的同居女友近況如何呢？

答　她已經成為書商拉克的夫人。

7 克麗奧佩脫拉（Cleopatra），世稱「埃及豔后」。

8 德摩斯梯尼（Demosthenes），古希臘著名演說家、政治家。

問 她太不幸了。竟然不知道拉克的眼睛是義眼。我的兒子呢？

答 聽說在國立孤兒院。

特庫沉默一陣子後，又開始新的提問。

問 我的房子呢？

答 已經成為某攝影師的工作室。

問 我的書桌呢？

答 不知道。

問 我在我的書桌抽屜藏了一疊信函——所幸這跟忙碌的各位毫無關係。現在陰間就要黃昏了。我要在這裡跟大家訣別了。再見，各位。再見，善良的各位。

皓蒲夫人講到最後一句話時，猛然清醒過來。我等十七名會員向天上的神明發誓，保證以上所載全屬真實。（又，支付我等所信賴的皓蒲夫人的酬勞，為相當於夫人當年從事女演員時的日薪標準。）

十六

我讀完這篇報告後，漸漸感到自己在這個國家變得憂鬱起來，所以開始想返回自己的國家。但是，無論我走到哪裡，都找不到我掉下來的洞穴。這時候，我聽到漁夫拔古說這個國家的郊外住著一隻老河童，每天讀書、吹笛，平靜地過日子。我認為如果去問這隻河童，說不定牠知道逃出這個國家的途徑，所以馬上跑到郊外。但是，到那裡一看，小屋子裡哪有什麼老河童，只有一隻連頭頂上的凹盤都還沒長硬、頂多十二、三歲的小河童正悠哉悠哉地吹笛子。我暗忖，難道走錯門了嗎？不過，為謹慎起見，就問對方的名字，果然就是拔古告訴我的那隻老河童。

「但是，你怎麼像個小孩子……」

「你還不知道嗎？也不知道我這是什麼命，打從我從母親的肚子出來時就已白髮蒼蒼。之後愈來愈年輕，如今就變成這種小孩子的模樣。不過，算算年齡的話，如果出生時算六十歲，現在說不定也有一百一十五、六歲了。」

我環視屋內，不知是否是心理作用，總覺得樸素的桌椅之間，好似洋溢一種純真的幸福。

「為什麼你看起來比其他河童過幸福呢？」

「也許真是這樣吧！因為我年輕時就已白髮蒼蒼，上了年紀卻又變得唇紅齒白。因此我不像一般老年人貪婪，我也不像一般年輕人沉溺情色。總之，我這一生，縱使不算幸福，卻也是安樂的。」

「原來如此，確實是安樂的日子啊！」

「不，只是這樣還無法安樂過日子。還因為我的身體健康，同時擁有一生衣食無慮的財富。不過，我認為最幸福的，莫過於我一出生時就已是老人了。」

我跟這隻河童提起自殺身亡的特庫、每天看醫生吃藥的戈魯。不知為什麼牠顯露興味索然的神情，似乎對我這些話題不感興趣。

「那麼，你不會像其他河童那樣對『生』特別的執著吧！」

老河童看著我，平靜地答道：

「我跟其他河童一樣，父親也問過我願不願意出生到這個國家後，我才脫離母胎。」

「其實，不知道怎麼回事，我偶然跌落這個國家。請你告訴我離開這個國家的路。」

「離開的路，只有一條。」

「哪一條呢？」

「就是你來到這裡的那一條路。」

我聽到這種回答，不知為什麼全身汗毛悚然豎起。

「可我卻一直找不到那一條路。」

老河童以水汪汪的眼睛盯著我看。然後起身走到屋子的角落，拉起一條從天花板上垂下來的繩子，打開我一直都沒注意到的天窗。從那個圓形天窗可以看見外頭，松樹、檜樹伸展著樹枝，後方是一片萬里晴空。不，還可以看見那座像大火箭般聳立的槍岳峰。這時候，我興奮得好像看到飛機的孩子般雀躍不已。

「來吧！從那裡出去就可以了。」

老河童指著剛才那一條繩子說道。我才發現方才一直認為的繩子，其實是條繩梯。

「那麼就從這裡出去吧！」

「不過，我事先要告訴你，出去以後就不能後悔。」

「沒問題，我不會後悔。」

我一回答後，就迫不及待趕緊爬上繩梯。從上往下，遙遙地俯瞰著老河童頭上的凹盤。

十七

我從河童國回來後，有好一陣子真是受不了我們人類身體上的氣味。河童跟我們人類比較起來，實在乾淨多了。不僅如此，我看慣河童的頭，所以總覺得人類的頭好恐怖。也許你可能無法理解。暫且不提眼睛和嘴巴，光是人類的鼻子就很奇怪地會引起我的恐懼。所以我盡可能不要跟人家見面，可是不知不覺中又漸漸習慣人類的一切。約過了半年，我已經可以到處走動。不過，最令我困擾的是當我講話時，常在不經意間冒出河童話。

「明天你在家嗎？」

「Qua。」

「你在說什麼？」

「沒有，沒有，當然在家呀！」

大致上，就像這種情形。

不過，從河童國回來後，約過了一年後，我因為事業失敗……

（當他說到這裡時，S博士會提醒他：「不要再談那件事了。」依據博士的說法，每次他提起那件事的時候，就會鬧到連看護人員都無收拾的地步。）

好吧！那就不提那件事。我因為事業失敗，所以很想回去河童國。對！不是「想去」。而是「想回去」。因為當時的我認為河童國像是我的故鄉。

我偷偷地離家出走，打算搭乘中央線的火車。沒想到被警察抓到，接著就把我送到醫院來。我被送進這家醫院以後，不停地思念有關河童國的所有事情。醫生恰克不知過得好嗎？也許哲學家馬格依然在彩色玻璃燈下思考吧。特別是我的好朋友，嘴巴爛掉的學生拉普……在某個如今天般陰鬱的午後。當我正沉溺在那些回憶中，不由得大叫一聲，因為不知何時，那隻名喚拔古的漁夫正站在我眼前，一直對我點頭。當我回過神後——我不記得自己到底是哭還是笑。總之，我確實因相隔太久能再度以河童話交談而感動。

「喂，拔古，你怎麼來了？」

「呵，我來探視你。聽說你生病了。」

「你怎麼會知道呢？」

「從收音機的新聞報導聽來的。」

拔古得意地笑著。

「你到底怎麼來的呢？」

「嘿，這有什麼麻煩。因為東京的河川和溝渠，對河童來說就像大馬路啊！」

這時候，我才察覺到河童和青蛙一樣，都是水陸兩棲動物。

「不過，這一帶並沒有河川啊！」

「對呀！我是順著自來水的水管鑽到這裡，再扭開消防栓……」

「把消防栓扭開？」

「你忘記了嗎？河童也懂機械呀！」

從此以後，每隔二、三天就有不同的河童來看我。聽S博士說我罹患的是早發性痴呆症。不過，那個醫生恰克說我並不是早發性痴呆症，真正罹患早發性痴呆症的病人是S博士和以他為首的你們這一群人。（這樣說對您肯定非常失禮。）因為醫生恰克都能來，學生拉普、哲學家馬格當然也都來探視我了。不過，除了漁夫拔古外，其他人都不會在白天來。特別是二、三隻河童一起來的話，一定在夜晚——

而且都是在月夜。昨晚，我也是在月光下和玻璃公司的社長戈魯及哲學家馬格聊天。不僅如此，連音樂家庫拉巴克也為我們拉了一曲小提琴。你有沒有看到對面桌上那一束黑色百合花？那是昨晚庫拉巴克帶來的禮物……

（我回頭一看，桌上當然沒有什麼花束。）

這本書是哲學家馬格特地帶來送我的。你朗讀一下最前頭的詩吧！不，你應該不會讀河童國的文字。那麼，就由我來朗讀吧！這是最近才出版的特庫全集中的其中一本——

（他打開舊電話號碼簿，開始朗讀這麼一首詩。）

在椰子花和竹林中
佛陀早已安眠。

跟著路邊枯萎的無花果一起
基督好像也已死去。

所以我們也必須要休息
即使在舞台的背景之前。

（假如看一下背景的後面，竟然只是一塊滿是補丁的畫布而已？）

不過，我不像詩人那樣厭世。只要河童常常來看我——啊！我把那件事給忘了。你還記得我的朋友法官貝布嗎？那隻河童自從失業後，幾乎就發瘋了。聽說現在送到河童國的精神醫院。只要S博士允許的話，我很想去探視他……

大導寺信輔的半生

——某心境風景畫

一　本所

大導寺信輔出生在本所的回向院附近。在他的記憶裡，那裡沒有一條稱得上美麗的街道，也沒有一間漂亮的房子。特別是在他家周圍，盡是些專門制作地下木櫃洗澡桶的木匠，粗點心鋪，舊家具店等等。這些店鋪前的道路，終年泥濘不堪，從來不曾乾爽過。加上這條道路的盡頭就是御竹倉的大水溝。飄著浮萍的大水溝，經常散發出惡臭。他當然無法不對這種街道感到鬱悶。不過，本所以外的街道卻更令他感到不愉快。上從多為住宅的山手區為首，到從江戶時代流傳下來、整潔店鋪櫛比鱗次的下町一帶，總讓他有某種壓迫感。比起本鄉和日本橋，他毋寧更愛寂靜的本所——更愛回向院、駒止橋、橫網、汙水溝、榛木馬場、御竹倉的大水溝。這與其說是喜愛，不如說是更接近憐憫的一種感情吧！但是，即使是憐憫也罷！時至三十年後的今天，也只有那些地方仍經常出現在他的夢中……

從信輔懂事以來，就一直喜愛著本所的街道。連一棵行道樹都沒有的本所街道，經常是塵土飛揚。然而，教會年幼信輔認識自然之美的，卻也還是本所的街町。他是在雜沓的街道上，吃著粗糙點心長大的少年。其實，鄉下——特別是稻田滿布，位於本所東邊的鄉下，對於他這種在鄉下長大的人並沒有引起絲毫的興趣。因為他舉目所見，與其說是自然之美，不如說是自然之醜。縱使本所的街道缺乏自然景色，可是那些在屋頂上開花的野草，映在水窪中的春日浮雲，皆表現出動人生憐的美。由於這些美，他在不知不覺中愛上自然。然而，令他對自然之美逐漸開啟眼界，並不只限於本所的街道。書本也是——他在小學時就熱中閱讀過好幾次的德富蘆花《自然與人生》，以及拉波克《論自然美》的譯本。這些當然都使他受到啟發。但是，對於如何認識自然，給予他最大影響的仍是本所的街町。那個無論是屋舍也罷，樹木也罷，抑或是那道路，看起來都是非常寒酸的街町。

實際上，對他認識自然有著最大影響，還是來自那個非常寒酸的本所街町。後來，他常常到本州各地作短期旅行。但是木曾的粗獷大自然經常令他感到不安，瀨戶內海優雅的大自然也時常令他感到無聊。比起那些美麗、出色的大自然，他更喜愛寒酸的大自然。特別是喜愛那些在人工文明中殘喘苟存的自然景象。三十年前的本所到處還殘留這種自然之美——汙水溝的柳樹、回向院的廣場、御竹倉的雜木林等。他無法像他的朋友一樣，前往日光或鐮倉。但是，每天早晨他會和父親一起在他家附近散步。這對當時的信輔來說，真是莫大的幸福。不過，他不好意思在朋友面前得意地講述這種幸福。

在一個朝霞即將消散的早晨，父親和他如平日般前往百木杭散步。百木杭是大川岸邊聚集很多人釣魚的地方。但是，那一天早上，舉目望去，卻看不到一個釣魚人的影子。廣闊的河岸上，只見石垣間有船蟲在蠕動。他正想問父親，今天早晨為什麼看不見有人在釣魚呢？但是，他尚未開口，忽然就發現答案了。在朝霞映照下，蕩漾不已的水波中，有一具光頭的屍體，漂浮在散發腥臭味的水草和積滿垃圾的雜亂木樁之間。——那天早晨的百木杭，至今仍然歷歷在目。三十年前的本所，在多愁善感的信輔心中留下無數令人追憶的風景畫。然而，那天早晨的百木杭——那一張風景畫，同時也是本所的街町在信輔的心靈所投下精神陰影的全部！

二 牛乳

信輔是一個不曾喝過母奶的少年。原本身體就很孱弱的母親，生下他這個命根子後，更是一滴奶都擠不出來。不僅如此，由於家貧，也請不起奶媽。所以從他一生下來，一直是靠喝牛奶長大。對當時的信輔來說，這種情況不能不說是一種令人憎恨的命運。他很輕視每天早晨送到廚房的牛奶瓶。他很羨慕那些就算什麼也不懂，卻懂得如何喝母奶的朋友。當他讀小學時，年輕的嬸嬸不知是新年還是什麼時候來到家裡，說是漲奶漲得很難受。想把奶水擠在黃銅漱口杯內，卻怎麼擠也擠不出來。嬸嬸皺著眉頭，半開玩笑對他說道：「小信幫忙把奶吸出來吧！」但是靠喝牛奶長大的他，當然不知道如何把奶吸出來。後來嬸嬸找來鄰居的孩子——那個木匠家的女兒來幫忙吸食她發硬的乳房。嬸嬸那鼓得像半顆圓球的乳房上，布滿青色的靜脈。原本就很靦腆的信輔，縱使知道如何吸奶，一定也不肯去吸嬸嬸的奶。儘管如此，他依然憎恨鄰家的女兒。同時也憎恨讓鄰家女兒吸奶的嬸嬸。這件小事情在他的記憶中，留下極為陰鬱的嫉妒。不過，除此之外，也許當時他的Vita sexualis[1]已經開始萌動了……

信輔對於自己只知道瓶裝牛奶，卻不知道母奶一事深以為恥。這是他的祕密。這是一個絕不向任何人透露，保守這一輩子的祕密。這個祕密還伴有他當時的某一種迷信。他是一個有顆大腦袋瓜，卻瘦得可怕的少年。不僅如此，他既靦腆又膽怯，是一個連看到肉鋪裡磨得亮光光的屠宰刀都會害怕的少年。這一點——特別是這一點，他肯定是一點也不像歷經伏見鳥羽戰役，在槍林彈雨中驍勇戰鬥的父親。不知道從幾歲開始，也不知道是根據什麼理論，他深信自己之所以不像父親，一定是喝牛奶的緣故。不，他還深信自己的身體孱弱，也一定是喝牛奶的緣故。假如這一切是因為喝牛奶所致的話，只要稍一示弱，那麼他的祕密肯定就會被他的朋友們識破。因此，無論任何時候他都會接受朋友的挑戰。當然，這種挑戰一次也不曾發生過。有時候，他不撐竹竿就跳過御竹倉的大水溝。有時候，他不用梯子就爬上回向院內高大的銀杏樹。有時候，他也會和朋友中的某一個人大打出手。其實，當信輔打算跳過大水溝時，都會感到自己的膝頭直發抖。不過，他總是緊閉雙眼，使出渾身力氣，一舉跳過飄著浮萍的水面。還有，當他攀爬回向院的高大銀杏樹時，或

1 Vita Sexualis，拉丁文，意為「性欲的生活」。

是當他和其中一個同伴相互毆打時，那種恐懼和膽怯也會襲向他。但是，他每次都勇敢地克服那種恐懼和膽怯。若說那些都是發自迷信也罷！不過那肯定就是斯巴達式的自我訓練。這種斯巴達式的訓練，在他的右膝蓋留下一輩子都無法消失的傷痕。恐怕他的性格也是——至今信輔還記得氣勢凌人的父親責備他的話：「你明明就很膽小卻又愛逞強，這樣不行啦！」

不過，幸好他逐漸掙脫那種迷信。不僅如此，他在西洋史中發現至少可以反證那種迷信的事實。那就是聽說餵養羅馬建國者羅慕路斯長大的奶，竟然是來自一隻母狼。從此以後，他對於沒喝過母奶一事漸漸變得不在乎了。不，毋寧說他還為喝牛奶這件事感到驕傲。信輔記得他進中學那年春天，他和上年紀的叔父一起，前往當時叔父經營的牧場。他清楚記得自己好不容易才把穿著制服的胸口貼在柵欄上，把乾草伸過去餵給走到自己前方的白牛吃。牛抬頭看著他的臉，靜靜地把鼻子伸過來聞聞乾草。當他凝視牛的臉時，突然發現那頭牛的瞳孔裡有種近乎人類的什麼感情。那種感覺會是幻想嗎？——也許是幻想吧！在他的記憶中還有一頭大白牛，仰頭看著杏花盛開的樹枝下倚著柵欄的他。那頭牛好似帶著深情，非常懷念般……

三　貧窮

信輔的家境很貧窮。可是他們的貧窮並不是雜居在大雜院那種下層階級的貧窮。而是為留住體面不得不忍受更多痛苦的中下層階級的貧窮。他的父親是退休官吏，除了一點存款利息外，加上女傭全家五口人，就靠一年五百圓的養老金糊口。因此，必須節儉又節儉。他們住在一棟包括玄關在內有五個房間——還有一個小庭院的屋子。家人很少能穿上一件新衣服。父親晚上總會喝上一杯不好意思拿出來待客的粗酒為樂。而母親也是以披上和服外褂來遮掩滿是補釘的腰帶。至於信輔——至今他仍記得那散發出漆臭的書桌。桌子是中古貨，桌面貼著綠絨布，抽屜的金屬拉把閃著銀光，乍看之下還挺漂亮。其實，絨布很薄，抽斗也很不好拉開。與其說這是他的桌子，不如說就是他家的象徵。象徵他家那種總是不得不顧及體面的生活……

信輔憎恨這種貧窮。不，當時的憎恨至今仍然留在他的內心深處而無法消失。他買不起書，無法參加暑期學校，也穿不起新大衣。但是他的同學都在享受這一切。他很羨慕他們，有時候甚至會嫉妒他們。不過，他絕對不肯承認自己這種羨慕和嫉妒。因為他看不起他們沒本事。然而對於貧窮的憎恨，絲毫沒有因此而改變。他對舊榻榻米、昏暗的燈光、紙門上剝落的長春藤畫——家裡的這一切寒酸模樣感到憎恨。不過那都還算好。他甚至因為那寒酸模樣，連生下他的雙親都感到憎恨。他尤其憎恨身高比他矮又禿頭的父親。父親經常出席學校保證人會議，信輔對於出現在同學面前的父親模樣感到很羞恥，同時也對自己看不起生身父親的這種卑屈心態感到羞恥。他模仿國木田獨步寫下《不自欺記》，那張泛黃稿紙上留下這麼一段話——

「予不能愛吾父母。否，非不能愛。予雖愛父母其人，卻不愛父母之外貌。以貌取人，為君子所恥也。遑論父母之貌乎。然，予無論如何無法愛父母之外貌……」

然而，還有比這種寒酸更令他憎恨的事，就是因貧窮而產生的虛偽。母親把蛋糕裝在「風月堂」的盒子送給親戚。可是那明明就不是「風月堂」的和菓子，而是附近點心鋪的蜂蜜蛋糕啊！父親也一樣——他總是儼然地教育大家要「勤儉尚武」。不過，假如提到父親的訓誡的話，除一本陳舊的《玉篇》外，就連買《漢和辭典》也算是一種「奢侈文弱」！不僅如此，信輔本身也善於說謊，而且說謊的本事未必會輸給他的父母親。他每個月能領到五十錢的零用錢，假如能夠多弄到額外的錢，就算只是多一分錢，也會拿去買下比什麼都渴望的書或雜誌。因此他會謊稱錢搞丟啦！要買筆記本啦！要繳班費啦！——總之用盡一切的好藉口，騙取父母親的錢。哪怕是這樣，錢還是不夠用時，就使出渾身解數博取父母親的歡心，好爭取提前拿到下個月的零用錢。他尤其喜歡討好那寵愛他的老母親。當然，無論是他自己說謊，還是父母親說謊，對他而言皆是很不愉快的事。不過他還是繼續說謊，大膽而狡猾地說謊。因為這種事對他來說，比什麼都特別必要，同時也讓他感到有種病態的愉悅——那無疑就好像是一種殺死什麼神般的愉悅。只有在這一點上，他確實近乎不良少年。他在《不自欺記》的最後一頁，留下這麼幾行字——

「獨步說戀愛那戀愛。予則憎恨那憎恨。憎恨對貧窮的憎恨、對虛偽的憎恨、對一切的憎恨……」

這就是信輔的真心。他不知從什麼時候開始，憎恨自己對貧窮的憎恨。在他二十歲之前一直苦於這種雙重憎恨。不過，他當然也並不是完全不幸福。他每次考試的成績總是名列第三、第四名。還有一個比他低年級的美少年，主動向他表示好感。可是這些對信輔來說，不過是雲天露出的一絲陽光而已。憎恨比任何感情都更沉重地壓在他的心頭。不僅如此，不知從什麼時候開始，憎恨在他的心上留下難以抹滅的痕跡。他在擺脫貧窮後，仍然不能不憎恨貧窮。同時，也和憎恨貧窮一樣，不能不憎恨豪奢。他也憎恨豪奢——憎恨豪奢，就是對於中下層階級貧窮的烙印。或者說，是對中下層階級貧窮的唯一烙印。直到現在，他仍然感受到他自己心中的那種憎恨。那是不得不向那種貧窮戰鬥的Petty Bourgeois[2]的道德恐懼……

大學剛畢業的秋天，信輔去探望一個正就讀法律系的朋友。他們坐在帶有陳舊的牆壁與紙門的八張榻榻米大的客室談話。從紙門後方探出一張臉，那是一個約六十歲左右的老人。信輔從老人的臉上——直覺那個酒精中毒的老人是一個退休官吏。

「這是我父親。」

他的朋友如此簡單的介紹老人。老人毋寧說是帶著傲氣、心不在焉地聽著信輔的問候。然後，當他轉身離開前，對信輔說道：「請慢慢聊吧！那邊有椅子。」在昏暗的廊下確實有兩張並排、帶扶手的椅子。不過，那是兩張椅背很高、紅軟墊都已褪色，可能是半世紀前的舊椅子。信輔從這兩張椅子感受到整個中下層階級的生活。同時，他也感受到他的朋友和他一樣，覺得父親很羞恥。這件小事刻骨銘心地停留在他的記憶中。這些思想今後也許還會在他的心中投下更多雜亂的陰影。總之，他確實就是一個退休官吏的兒子。他是比起下層階級的貧窮，不得不忍受虛偽的中下層階級貧窮生活的人。

四　學校

學校留給信輔的全都是些陰暗的記憶。除了在大學時，有幾門不必作筆記的課程外，他對學校的任何課程從來不曾感興趣。不過，從中學到高中，從高中到大學，一級一級讀過幾所學校，也只是唯一擺脫貧窮的自救方法而已。原本信輔在中學時代並不承認這種事實。至少不曾明確承認過。可是從中學畢業時，貧窮如烏雲般開始壓在信輔的心上。他在讀大學和高中時，好幾次都想輟學。然而貧窮的威脅正顯示著灰暗的將來，所以他總是輕易就讓計畫作罷。他當然憎恨學校。尤其憎恨規矩特別多的中學。學校門房的喇叭聲聽起來真是淒厲啊！操場上枝葉茂密的白楊

2 Petty Bourgeois，意指「中產階級」。

樹顯得多麼憂鬱啊！信輔在學校學到歐洲歷史的年代、沒有實驗的化學方程式、歐美某城市的人口數——所有一切無用的小知識。只要稍微努力的話，學習那些知識未必痛苦。然而，事實是想忘掉那些無用的小知識卻相當困難。杜斯妥也夫斯基在《死屋手記》一書中提到，假如強迫囚犯從事無用的勞務，例如：把第一桶的水倒入第二桶內，再把第二桶的水倒入第一桶內，囚犯就會去自殺。信輔在灰色的校舍裡——在高大白楊樹的搖曳中，信輔經歷了囚犯所經歷過的精神痛苦。不僅如此……

不僅如此，他最憎恨的也是中學時的老師。老師作為一個普通人肯定不是壞人。但是，因為他們負有「教育上的責任」——特別是有權處罰學生，自然而然使他們成為暴君。他們為把自己的偏見移植到學生的心靈上，不惜採取一切手段。其中有一個老師——綽號叫「達摩」的英語老師，經常以信輔態度「傲慢」而體罰他。可是，他之所以被認為「傲慢」，竟然只因為信輔閱讀國木田獨步和田山花袋[3]。他們當中還有一個——那就是左眼裝義眼的國語漢文老師。這個老師因為信輔不喜歡武術和運動競賽而十分不滿。曾經因此多次嘲笑信輔：「你是女人嗎？」信輔反問道：「老師是男人嗎？」老師對他這種桀敖不馴的態度當然不得不處罰。

其他的事，只要重讀那本泛黃的《不自欺記》，便能知道他所受到屈辱真是不勝枚舉。自尊心強的信輔為爭一口氣，總是不得不反抗這種屈辱。假如他不這樣反抗的話，他可能會像不良少年般看不起自己。他的自強之道，當然可以求諸於《不自欺記》——

予雖蒙上諸多惡名，究其所由為三。
其一文弱也。所謂文弱者，即重視精神力量甚於肉體力量。
其二輕佻浮薄也。所謂輕佻浮薄者，喜愛功利外之完美物。
其三傲慢也。所謂傲慢者，即在他人之前不妄屈自己所信。

然而，並非所有的老師都在迫害他。他們當中曾有老師招待信輔參加家族茶會，也有老師借給他英文小說。他還記得在四年級畢業時，發現借來的小說中有一本《獵人筆記》的英譯本，滿心歡喜地讀完。但是，由於「教育上的責任」經常妨

3 田山花袋（1872-1930），日本小說家。

礙老師們和一般人的親切交往。這是因為接受他們好意的同時，還潛藏著某種對他們權力的低頭和諂媚。否則，便是潛藏著對他們的同性戀傾向的諂媚醜態。每當信輔出現在他們面前時，總是感到手足無措。不僅如此，有時還會不自然地伸手去拿香菸盒，或吹噓自己站著看戲的小事。他們當然把這種不禮貌的行為解釋為桀敖不馴。這樣的解釋也是合情合理。原本他就是一個不惹人喜愛的學生。從放在箱底的舊照片看來，那時候的他是一個頭很大，大到和身體顯得很不相稱，眼睛卻炯炯有神的病弱少年。這個氣色不好的少年卻不斷提出刁鑽的問題，以為難那些好老師為無上的快樂。

信輔的每次考試成績都得到高分。不過，所謂操行成績，從來都不曾得過六分[4]以上。每當他看到這個6的阿拉伯數字，幾乎能聽到教師辦公室內的冷笑。實際上，老師以操行分數當盾牌，來嘲笑他也是事實。他的成績正是因為這個六分，一直無法名列前三名。他憎恨這種報復。也憎恨這種報復的老師。至今——不，時至今日他已在不知不覺中忘記當時的憎恨。總之，中學對他根本就是一場惡夢。不過，惡夢未必就是不幸。至少他因此學會忍受孤獨的性情。否則他這半輩子所走的路可能比現在更痛苦吧！他像作夢般成為幾本書的作者。但是，他所得到畢竟也只是落寞的孤獨。已經甘於孤獨的今天——或說知道除了甘於孤獨之外，別無他法的今天，回顧過去的二十年，那曾經讓他痛苦的中學校舍，毋寧說是處於一片美麗薔薇色的晨光中。只有操場上枝葉依然茂密的白楊樹，有寂寥的風吹過樹梢……

五　書籍

從小學開始，信輔就很喜歡閱讀書籍。引發他閱讀興趣的是父親書箱底那本帝國文庫本《水滸傳》。這個只有腦袋瓜很大的小學生，在昏暗的燈光下，反復讀過好幾遍《水滸傳》。不僅如此，縱使他闔上書本，滿腦子仍不停想像替天行道的旗子，景陽崗上的老虎，還有菜園子張青在屋梁上掛著人腿。這是想像嗎？——然而那種想像卻比現實還要現實。他還曾好幾次手持木劍，在掛曬菜乾的院子裡和《水滸傳》的人物——一丈青扈三娘、花和尚魯智深，殺個你死我活。三十年來，這種

4日本戰前學校所實施的操行分數制，分為十級（一至十分），六分剛好及格。

激情一直支配著他。他還記得自己曾經多次徹夜不眠地閱讀書籍。不，豈止如此，無論坐在書桌前、車上，還是上廁所——有時候連走在路上亦沉溺於閱讀書物。自從《水滸傳》之後，他當然沒再拿過木劍。但是，他曾多次為那本書的情節笑過，也哭過。換句話，已經進入「移情忘我」的境界。簡直都變成書中人物了。他曾像天竺的佛祖般轉世過無數次。也曾變成伊凡・卡拉馬佐夫、哈姆雷特、安德烈公爵、唐璜、梅菲斯特、列那狐等。——而且，並不僅止於一時之間的移情忘我。在一個晚秋的午後，他為討點零用錢而去拜訪上年紀的叔父。叔父是長州萩這地方的人。他故意在叔父面前滔滔不絕談論明治維新的豐功偉業，對於上至村田清風，下至山縣有朋等長州出身的人物，皆讚嘆不已。不過，他自己都覺得這個充滿虛偽激情，臉色蒼白的高中生，與其說是當時的大導寺信輔，倒不如說比較像年輕的于連・索海爾——《紅與黑》的主人公。

這樣的信輔，一切的事物當然都是從書本學來的。至少可以說他沒有一件事情不依賴書本。實際上，他是一個為理解人生，卻對街頭的行人視若無睹的人。倒不如說與其觀察行人，他寧可理解書本中的人生。也許可以說那是他理解人生的迂迴之策吧！但是，對他而言，街頭的行人也就只是行人而已。他為理解他們——為理解他們的愛、他們的憎恨、他們的虛榮心，除了讀書之外別無他法。書籍——特別是世紀末歐洲所出版的小說和戲劇，讓他在冷峻的目光中，終於發現在他面前所展開的人間喜劇。不，或說讓他發現自己善惡不分的靈魂，這也不只限於人生，他也因此發現本所街町的自然之美。但是使他觀看自然之美的眼光變得更銳利，還是靠幾本愛讀的書——特別是元祿時期的俳諧。因為他讀了這些俳句，諸如：「近京城見山形」、「鬱金田中秋風爽」、「海邊時雨落千帆」、「黑夜飛過蒼鷺啼」——他才發現本所的街町所沒有的自然之美。這種「從書本到現實」的作法，對信輔而言，經常就是真理。他在自己的半輩子中曾經對幾個女子產生愛慕。然而，這些女子卻沒有一個人能讓他理解所謂的女性之美。至少沒讓他理解書本以外的女性之美。他從戈蒂耶、巴爾扎克、托爾斯泰的書中，才理解女性「穿透陽光的耳朵」和「落在臉頰上的睫毛影子」的美感。至今信輔還是欣賞女性的這些美。假如不是從書本上學來的話，也許他只知道女性就是雌性吧……

然而，貧窮的信輔，卻無法隨心所欲購買自己想讀的書。於是，他想出辦法來突破這種困境，第一就是圖書館，第二是租書店，第三是招來吝嗇之譏的省吃儉用。他清楚記得——那家面對大水溝的租書店，租書店的慈祥老婆婆，以及老婆婆做花簪的副業。老婆婆相信這個剛上小學的「小少爺」是天真無邪的。但是，這個「小少爺」卻不知不覺中學會假裝在找書，卻偷看書的方法。他也很清楚記得——二十年前的神保町，整條街的舊書店櫛比鱗次，陽光總是照射在舊書店屋頂後方的九段斜坡。當然，當時的神保町既沒有電車，也沒有馬車。他——十二歲的小學生為前往大橋圖書館，腋下總是夾著便當和筆記本，頻繁地往返那條街。從大橋圖書館到帝國圖書館，往返約有一里半路程。他還記得帝國圖書館給他的第一個印象——他對挑高天花板感到恐懼，對高大的窗子感到恐懼，對坐滿無數椅子的無數閱覽人感到恐懼。但是，幸好在前往兩、三次後，那種恐懼感就消失了。他很快就對閱覽室、鐵梯子、書卡櫃、地下食堂產生親切感。後來他也會利用大學圖書館和高中的學校圖書館。他向那些圖書館不知借過幾百本書。那幾百本書籍裡，他最喜歡其中的幾十本書。然而——

然而，他最喜愛的——還是他自己買的書，幾乎不管內容如何，反正就是喜愛書。信輔為買書，連咖啡廳也不踏進去一步。可是，他的零用錢總是不夠用。為此，他每週三次到親戚家去教中學生數學（！）。縱使如此，錢還是不夠用的時候，就不得不去賣書了。可是賣書的價錢，從來都不曾超過買新書時的一半價錢。

不僅如此，把長年保存的書賣給舊書店，這種事對他而言根本就是悲劇。他曾在下著小雪的夜晚，到神保町的舊書店一家逛過一家。他在某家舊書店發現一本《查拉圖斯特拉如是說》。那不是一本普通的《查拉圖斯特拉如是說》。那是兩個多月前，他才賣掉的那本沾有自己手垢的《查拉圖斯特拉如是說》。他站在書店，把那本陳舊的《查拉圖斯特拉如是說》又讀過一次，愈讀愈捨不得。

「這本書多少錢？」

站了十幾分鐘後，他拿著《查拉圖斯特拉如是說》向舊書店老闆娘問道。

「一圓六十錢，算你便宜點吧——一圓五十錢就好。」

信輔記得，當時這本書只賣了七十錢。討價還價的結果，好不容易才以賣價的兩倍——也就是一圓四十錢，終於把書又買回來。雪夜裡的街道，無論是家家戶戶，還是電車皆有種微妙的寂靜。他經過這些街道，回到大老遠的本所途中，不時惦念著懷中那本鐵灰色封面的《查拉圖斯特拉如是說》。同時他的嘴中又忍不住地嘲笑自己……

六　朋友

信輔交朋友的原則取決於對方是否有才能。哪怕是什麼正人君子也好，除品行外毫無可取之處的青年，對他來說根本是沒有用的路人。不，不如說是每次見面，都不能不挪揄一番的丑角。這對操行只有六分的他，這種態度自是理所當然。他從中學到高中，從高中到大學，在經歷幾個階段的學校過程中，總是對那種人不斷地加以嘲笑。他們之中當然有人對他的嘲笑感到氣憤。不過，其中也有人即使感覺出他的嘲笑，對方的反應卻顯得過於正人君子。對於自己被稱為「討厭的傢伙」，他多少還感到挺愉快。然而，無論怎麼嘲笑對方，卻得不到任何反應，他就不能不感到憤怒了。其實，曾經有這麼一個君子——高中時的文科同學，也是利文斯通的崇拜者。信輔跟他住在同一宿舍時，曾經信口雌黃對他說，連拜倫讀了利文斯通傳記時，也感動到流淚。從那時候到現在都過二十年了，那個利文斯通的崇拜者在某基督教會的機關誌上，依然歌頌著利文斯通。不僅如此，文章的開頭還寫了這麼一行字——「連惡魔詩人拜倫讀了利文斯通的傳記也會流淚，這件事給我們什麼啟示呢？」

信輔交朋友的原則取決於對方是否有才能。哪怕是什麼正人君子也好，假如不是對知識有強烈追求欲的青年，對他來說根本是沒有用的路人。他並不要求朋友得溫文和善。縱使他的朋友沒有青年人的熱情，他也可以接受。不，毋寧說所謂的好友讓他感到恐怖。因此他的朋友都必須有一顆頭腦。頭腦——極為清晰的一顆頭腦。比起什麼美少年，他還是喜歡頭腦清楚的人。同時，比起什麼正人君子，他更是憎惡頭腦清楚的人。實際上，他的友情總是在喜愛的熱情中，蘊含著憎惡。至今信輔還是相信，在這種熱情之外不存有友情。至少他相信在這種熱情之外，沒有不帶Herr und Knecht[5]氣味的友情。況且當時的朋友，就另一方面來說，正是他難以相容的死敵。他以自己的頭腦為武器，不斷地跟他們格鬥。惠特曼、自由詩、創造的進化——戰場幾乎無所不在。他在那些戰場上，打倒他的朋友，或被他的朋友打倒。這種精神上的格鬥，無疑就是他獲得殺戮喜悅的行為。但是，在這個過程中自然而然所表現的新觀念和新的美感形象卻也是事實。午夜三點的燭光如何照耀他們的爭論？武者小路實篤[6]的作品又如何支配他們的論戰？——信輔還清楚地記得九

5 Herr und Knecht，德文，意指「主僕關係」。
6 武者小路實篤（1885-1976），日本小說家、詩人、劇作家。

月的某一個夜晚，有好幾隻大飛蛾撲向蠟燭，燦爛奪目的飛蛾在黑暗中突然出現。可是，飛蛾一撲向火焰，令人難以置信地瞬間就死了。也許那也不是什麼有價值的稀奇事。然而，信輔直到現在只要一想起那件小事情——只要一想起那不可思議的美麗飛蛾的生死，不知為何，他的內心深處不由得感覺到有些孤寂……

信輔交朋友的原則取決於對方是否有才能。標準僅只如此而已。不過，那個標準也不完全沒有例外。那就是斬斷他和朋友之間友情的社會階級差別。信輔對於跟他生長環境相似的中產階級青年，不覺得有任何隔閡。但是對他不熟悉的上流階級青年——有時對中流上層階級的青年，甚至產生如陌生人般不可思議的憎惡感。他們當中有些人很懶惰，有些人很懦怯，有些人則是情欲的奴隸。然而，他不僅只是因為這些原因才憎惡他們。不，不如說是憎惡他們那種不知什麼的漠然態度。其實，他最憎惡的還是他們本身並未意識自身的那種說不清的「什麼」。因此，他也對下層階級——跟他們的社會階層正好相反的人，有種病態的關懷。信輔很同情他們。不過，他的同情畢竟是毫無用處的。每當跟那種說不清的「什麼」的人握手前，總有種被針刺到手的感覺。記得某一個寒風中的四月午後，當時還是高中生的信輔和他的同學——某男爵家的長子，佇立在江之島的斷崖上。腳底下就是波濤洶湧的海岸。他們把幾個銅幣扔到海中，讓幾個少年「潛水」去撈。每當銅幣扔下去時，少年就「撲通撲通」跳進海裡。不過，有一個海女在斷崖下焚燒乾海草的火堆前，微笑著眺望。

「這次讓那傢伙也跟著跳進去吧！」

他的朋友用香菸盒裡的銀色紙包著一枚銅幣。接著猛一轉身，用盡全力把銅幣扔出去。銅幣閃閃發光，掉進風大浪高的海裡。就在那一瞬間，海女搶先跳進海裡。信輔至今還歷歷在目地記得他的朋友嘴角所浮現的殘酷微笑。他的朋友具有過人的外語才能。可是，他確實也具有過人的尖銳犬齒……

（待續）

附記：這篇小說原本打算寫成現在的三、四倍長。此次所發表內容，和《大導寺信輔的半生》名稱肯定不相符合，惟因無其他名稱可替代，不得已而沿用之。假如能將之視為《大導寺信輔的半生》中的一篇，則甚幸也。

作者謹識

某傻子的一生

致久米正雄君：

我的稿子是否發表，以及發表的時機和刊物當然全權委託你。

你大概知道原稿中的人物是誰吧！不過，我不希望發表時有任何注解。

我現在的生活處於最不幸的幸福當中。可是很奇怪，我並不後悔。只是為那些有我這種惡夫、惡子、惡父的人感到憐憫。那麼，再見了。我在這篇原稿裡，至少有意識地不打算為自己作辯解。

最後，我之所以會把這篇原稿委託給你，恐怕是因為你比任何人都了解我的緣故。（假如剝去我這個所謂都會人的偽裝）那麼就請你多少笑一笑原稿裡我的那種傻勁吧！

昭和二年六月二十日

芥川龍之介

一　時代

那是某家書店的二樓。二十歲的他爬在靠著書架的西式梯子上尋找新書。莫泊桑、波特萊爾、斯特林堡、易卜生、蕭伯納、托爾斯泰……。

不知不覺已近日暮時分，但是他還在專心地研讀書背上的文字。那裡所陳列的與其說是書籍，不如說是世紀末本身。尼采、魏爾倫、龔古爾兄弟、杜斯妥也夫斯基、霍普特曼、福樓拜……

他一邊和昏暗的燈光戰鬥，一邊細數那些人的姓名。但是，書籍漸漸沉沒在憂鬱的影子中。他終於耗盡耐力，正打算走下梯子時。他頭頂上一盞沒有燈罩的電燈突然亮起來了。他佇立在梯子上，往下俯視在書籍之間走來走去的店員和客人。他們顯得不可思議地渺小。不僅如此，看起來還是非常寒酸的樣子。

「人生不如一行波特萊爾。」

他佇立梯子上俯視著他們，如此說道……

二 母親

一群瘋子都穿著同樣的灰色衣服。寬敞的房間因此顯得更加憂鬱。他們當中的一個人坐在風琴前，專心彈奏讚美歌。同時，還有另一個人站在房間的正中央，若要說是舞蹈不如說是跳躍。

他和一個氣色紅潤的醫生一起看著此般情景。十年前他的母親跟這一群人絲毫沒有什麼兩樣。絲毫——實際上，他從他們身上的臭味感受到他母親的氣味。

「那麼，走吧！」

醫生走在他前面，經過廊下來到另一個房間。房間的角落擺著一個裝滿酒精的大玻璃瓶，裡面浸著幾個腦髓。他發現其中一個出現白點，那是好似被蛋白滴到的白點。他站著和醫生談話時，又想起母親。

「這是××電燈公司工程師的腦髓。他一直都認為自己是閃著黑光的大鑽石。」

他故意往窗外看，避免接觸到醫生的目光。窗外除了插著空瓶碎片的磚牆，什麼都沒有，但是卻使得稀疏的青苔顯出淡淡的白。

子。

三　家

他住在某間郊外屋子的二樓。由於地盤鬆緩，顯得有些傾斜的不可思議二樓房子。

他的姨母常常與他在二樓爭吵。他也不是不曾接受過養父母的仲裁。不過，他卻感受到沒有任何人比他的姨母更愛他。一生獨身的姨母在他二十歲時，已經是一個快六十歲的老婦人了。

他經常在郊外那一間房子思考，相愛的人就要相互使對方痛苦嗎？其間，他總是覺得令人恐懼的二樓持續在傾斜。

四　東京

隅田川混濁陰沉。他從行駛中的小蒸汽火車的窗子眺望向島的櫻花。在他看來，盛開的櫻花有如一排襤褸破衣般憂鬱。不過，他在櫻花裡——自江戶時代以來的向島櫻花中發現他自己。

五　我

他和他的學長在一家咖啡廳隔桌相對，不停地抽著菸。他很少開口說話，只是專注地傾耳聆聽學長說話。

「今天搭了大半天的車子啊！」

「有什麼事嗎？」

他的學長用手托著臉頰，漫不經心地答道：

「沒有，只是很想搭車而已。」

這句話讓他自身解放到一個未知的世界——那是與諸神接近的「我」的世界。他感到有種疼痛。不過，同時也感到歡愉。

那間咖啡廳非常小。在牧羊神的畫框下，擺著一盆深紅色盆栽，盆內那棵橡樹的厚葉低垂。

六　病

他在海風不停吹拂中，翻閱厚厚的英語辭典，以手指頭尋找單字。

Talaria　帶翅膀的鞋子，或涼鞋。

Tale　故事。

Talipot　產於東印度的椰子。樹幹高達到五十至一百呎，葉子可用以製傘、扇子、帽子等。七十年開花一次……

他的想像中清晰地勾勒出這種椰子花。他感到喉嚨有一種至今不曾有過的搔癢，忍不住把一口痰吐在辭典上。痰呢？——但是，那不是痰。他想到生命之短暫，再次想像椰子花。想像在遙遠大海的對岸，那高聳的椰子花。

七　繪畫

他突然——完全是突然地。他站在一家書店門前，看到高更的畫冊時，突然了解所謂繪畫的意義。那當然只是一本高更畫冊的照相版。可是，他在照相版中也感受到浮現鮮麗色彩的大自然。

那些繪畫所洋溢的熱情，使他有一個全新的視野。不知不覺中他開始注意樹枝的彎曲和女人豐腴的臉頰。

某一個秋雨過後的傍晚，他從郊外的鐵橋走過。

鐵橋對面的堤壩下方停著一輛馬車。他一邊從那裡走過去，一邊覺得好像有誰在他之前走過這條路。會是誰呢？——現在實在沒必要再去反問自己了。在二十三歲的他的心中，有一個割掉自己耳朵的荷蘭人，叼著長菸斗，一直以銳利的眼神凝視這憂鬱的風景畫……

八　火花

他冒著雨，走在柏油路上。雨下得相當大。他從滿是雨水的外套中聞到塑膠的氣味。

這時候，他眼前的一條電線突然冒出紫色火花。他莫名地被感動了。他上衣的口袋裡放著準備發表在同人誌上的原稿。他一邊在雨中行走，一邊回頭仰望那一條電線。

電線還在冒出激烈的火花。縱使他環視自己的人生，雖說沒有特別需求之物。然而，唯獨這紫色的火花——唯獨在空中冒出的激烈火花，縱使以生命來換取也在所不惜。

九　屍體

所有屍體的大拇指上皆以鐵絲繫著名牌。上面寫著姓名和年齡。他的朋友彎著腰，熟練地揮動手術刀，剝下一具屍體的皮膚。皮下布滿美麗的黃色脂肪。

他凝視那具屍體。對於他要完成一篇短篇小說——以王朝時代為背景的一篇短篇小說是非常必要。可是屍體散發出的那種好似爛杏仁的氣味令他感到不快。他的朋友皺著眉頭，平靜地揮動手術刀。

「這陣子屍體都不夠用。」

他的朋友如此說道。他在不知不覺中已準備好回答了。——「如果屍體不夠用的話，就不帶任何惡意去殺人吧。」不過，他的回答當然只留在自己心中。

十　老師

他在高大的樹下閱讀老師的著作。橡樹在秋日的陽光下，葉子絲毫不搖曳。遙遠的天空中，有一個垂著玻璃秤盤的秤保持著平衡。——他一邊讀著老師的書，一邊感受這種光景……

十一　拂曉

天色漸漸明亮。他放眼眺望某城町角落的一個寬敞市場。市場裡群聚的人群和車輛都被染成薔薇色。

他點了一根菸，靜靜地往市場走去。這時候，有一條瘦小的黑狗突然對他吠叫起來。不過他並未因此受到驚嚇，反而喜歡上那條狗。

市場的正中央有一棵法國梧桐樹，樹枝向四方伸展。他站在樹下，透過枝葉抬頭仰望天空。在他的正上方，正好有一顆星星在閃爍。

那是他二十五歲的那年——遇見老師的三個月後。

十二　軍港

潛水艇的艙內昏暗。前後左右都是機械，他彎著腰，從望遠鏡的小小鏡頭望過去，映入鏡頭的是明媚的軍港風景。「看見那裡的『金剛號』吧！」

一位海軍將校對他如此說道。他從四方形鏡片眺望小小的軍艦，不知為什麼忽然想起荷蘭芹。那種放在一份三十錢的牛排上，散發出淡淡清香的荷蘭芹。

十三　老師之死

他在雨後的風中，行走在某個新車站的月台上。天空還有些昏暗。月台的對面有三、四個鐵路工人，一邊上下揮動著鶴嘴鎬，一邊高聲不知在唱些什麼。

雨後的風，吹散工人的歌聲和他的感情。他叼著菸卻沒有點燃，感受到一種近乎歡愉的痛苦。「老師病篤」的電報，依然放在外套的口袋裡……

這時候，從對面松山背後的一列上午六時北上的火車，拖著淡淡白煙，蜿蜒地駛過來。

十四　結婚

他在結婚的翌日，就對妻子抱怨道：「如此亂花錢，真讓人受不了。」其實，那與其說是他的抱怨，不如說是他的姨母叫他去說的抱怨。後來他的妻子不僅向他，也向他的姨母道歉。就在她為他買回來的那盆黃水仙前……

十五　他們

他們平靜地過生活。在大芭蕉葉的樹蔭下。——因為他們的家，在從東京搭火車足足得花上一小時才能抵達的某海邊的街町。

十六　枕頭

他枕在散發著薔薇葉氣味的懷疑主義上，閱讀阿納托爾·法郎士[1]的書。然而，他沒察覺到不知何時枕頭裡也有牧羊神。

十七　蝴蝶

在充滿海藻氣味的風中，一隻蝴蝶翩翩起舞。僅只一瞬間，他感覺乾涸的嘴唇觸到了蝴蝶的翅膀。不過，在數年後捺印在他唇上的蝶翅鱗粉依然閃亮。

十八　月亮

他在某旅館的樓梯上偶然遇見她。縱使在白天，她的臉也好似在月光下。他目送她走過（雖然他們素不相識），卻感到一種前所未有的寂寥……

十九　人造翅膀

他把注意力從阿納托爾．法郎士轉到十八世紀的哲學家。可是他無法接近盧

1 阿納托爾．法郎士（Anatole France），法國小說家。

梭。也許因為他自己的身上——有近似盧梭那種容易被熱情衝昏頭的一面吧。不過，他本身的另一面——則是近似冷靜理性的《憨第德》[2]的哲學家。

對於二十九歲的他而言，人生毫無光明。不過，伏爾泰卻給他一對人造翅膀。他展開這對人造翅膀，輕易飛上天空。同時，沐浴著理性的光輝，人生悲歡，皆已沉入他的眼底。他將嘲諷和譏笑扔在寒傖的街町上，在無垠的天空中直接飛向太陽。卻忘記古希臘人也曾以這麼一對人造翅膀飛向太陽，因為翅膀被陽光融掉而墜海身亡……

二十　枷鎖

他們夫婦決定跟養父母住在一起。因為他已經決定進入某報社任職。他憑著一張黃色的契約書進入報社工作。不過，後來仔細審視這張契約書，報社根本不必盡任何義務，只有他必須盡一切義務。

二十一　瘋子的女兒

兩輛人力車行走在陰天且毫無人煙的鄉間道路。從吹來的海風很清楚知道那條道路將通往海邊。坐在後面那輛車的他，一邊奇怪自己為什麼對這個密會趣味索然，一邊思索到底是什麼因素牽引他到這裡呢？那絕不是因為戀愛。假如不是戀愛的話——他為避開答案，不得不認為「總之，我們是對等的」。

坐在前面那輛車的是一個瘋子的女兒。不僅如此，她的妹妹也是出於嫉妒而自殺。

「事到如今已毫無辦法。」

他對這個瘋子的女兒——只有強烈動物本能的她，感到厭惡。

這時候，兩輛人力車從散發出海腥味的墓地外駛過。黏著牡蠣殼的木頭圍牆內，立著幾座黑黝黝的石塔。他望向那幾座石塔對面微微發光的大海，突然對她的丈夫——那個無法抓住她的心的丈夫，產生輕蔑……

2《憨第德》（Candide），伏爾泰所著的諷刺小說。

二十二　某畫家

那是某雜誌的插圖。這幅只畫一隻公雞的水墨畫頗富鮮明個性。他向朋友打聽這位畫家的底細。

一週後，那位畫家去拜訪他。這在他的一生中是一件很特別的事件。他從畫家的身上發現任何人都不知道的詩篇。不僅如此，他還發現連畫家自身都不知道的魂魄。

在一個微寒的秋日傍晚，他從一根玉米忽然想起那位畫家。粗糙的葉子包裹著長長的玉米，土堆上露出好像神經線般的細根。當然啦！這無疑就是他易受傷的自畫像。然而，如此的發現只是讓他感到憂鬱而已。

「已經太遲了。可是，一到關鍵時刻……」

二十三　她

某個廣場前，已是日暮時分。他拖著微微發燙的身子，在廣場中走著。在帶些銀色的清澄天空中，有幾棟大樓的窗子已經亮起閃亮的燈光。

他在路邊停下腳步，等她到來。五分鐘後，她一臉憔悴走向他。「好累！」她看到他時，露出燦爛笑容說道。他們並肩走在微暗的廣場上。那就是他們的開始。那時候，他認為只要跟她在一起，一切都可以拋棄。

他們坐上車子後，她一直凝視他的臉，問道：「你不後悔嗎？」他斷然地答道：「不後悔。」她按住他的手，又說道：「我也不後悔」。當她說這話時，臉龐猶如沐浴在月光中。

二十四　分娩

他佇立在紙門一旁，俯視穿著白手術服的產婆為小嬰兒洗澡。每當泡沫沁到眼睛，小嬰兒總是反復皺起眉頭。不僅如此，還不停地高聲哭啼。他深深覺得小嬰兒的氣味好像小老鼠。——「為什麼要讓這小子出生呢？讓他出生在這個充滿苦難的塵世呢？——為什麼要讓這小子承受有我這種父親的命運重擔呢？」

這是他的妻子生出的第一個男孩。

二十五　斯特林堡

他站在房門口，眺望著石榴花開的月光下幾個髒兮兮的中國人正在打麻將。轉身返回房間，坐在矮燈下開始讀《痴人告白》。不過，都還沒讀完第二頁，就忍不住苦笑。——斯特林堡給曾是他的情人的伯爵夫人的信中，寫著跟他差不多的謊言。

二十六　古代

色彩斑駁的佛像、仙人、馬還有蓮花幾乎要壓倒他了。他抬頭仰視，忘掉所有一切。擺脫瘋子女兒的手，他朝向自己的幸福……

二十七　斯巴達式訓練

他和他的朋友走在某後街。這時候，一輛掛著車蓬的人力車迎面而來。出乎意料，坐在車上竟是昨夜那女子。白天裡，她的臉龐一如沐浴在月光下。在朋友的面前，他們當然沒打招呼。

「這女人長得真漂亮啊！」

他的朋友如此說道。他站在街道盡頭眺望春山，毫不遲疑地答道：

「是啊！真是漂亮。」

二十八　殺人

陽光下，鄉間小路飄著牛糞的臭味。他一邊擦汗，一邊慢慢爬上坡道。道路兩邊散發出麥子成熟的香氣。

「殺死他！殺死他！……」

不知什麼時候，他口中不停反復這句話。殺死誰呢？——那只有他知道。他想起那個理著五分頭的卑屈男人。

這時候，黃色麥田對面的羅馬天主教堂，不知何時露出圓頂……

二十九　形式

那是一個鐵製酒瓶。他從刻著細紋的酒瓶上學到什麼是「形式」之美。

三十　雨

他躺在一張大床上跟她閒話家常。寢室的窗外正下著雨。文殊蘭在這場雨中漸漸腐爛。她的臉龐一如在月光下。然而，跟她談話倒也不是不覺得無聊。他趴在床上，靜靜地點了一根菸，想起已經和她一起生活了七年。

「我還愛這個女人嗎？」

他如此自問。答案連凝視著自已的他也感到意外。

「我還愛著她。」

三十一　大地震

那是一種好似杏子熟透的氣味。當他走在震災燒毀後的廢墟上，隱約聞到的就是這種氣味，烈日下腐敗屍體的氣味並不如想像中那般難聞。可是站在屍體堆積如山的池塘邊，才發現所謂「鼻酸」這個語彙的感覺絕不是誇張的形容詞。尤其令他震撼的是十二、三歲孩子的屍體。他凝視那些屍體，有種近乎羨慕的感覺。「為神恩寵者多早夭」——忽然想起如此這句話。他的姐姐和異母弟弟的房子都被燒毀了。不過，他的姐夫因為犯下偽證罪，正處於被判緩刑期間……

「全都死光就好了。」

他佇立在震災燒毀後的廢墟中，不由得如此認為。

三十二　吵架

他和他同父異母的弟弟扭打起來。弟弟無疑地因他而容易受到欺壓。同時他也因弟弟而失去自由。親戚都勸弟弟：「要跟他學習！」那簡直就像他自己的手腳被捆綁了。他們扭打成一團，兩人邊拉扯邊來到廊下。廊下的院子裡有一棵百日紅——他至今還記得。——紅色的花朵盛開在雨後的天空下。

三十三　英雄

他曾經從伏爾泰家裡的窗子仰望高山。冰河流經的山上，甚至連禿鷹影子都看不到。可是，卻看見一個身形矮小的俄羅斯人，執拗地往山路爬上去。入夜之後，在伏爾泰的家裡，他邊想起那個爬山的俄羅斯人，邊在明亮的燈光寫下如此的詩句——

比任何人都遵守十戒的你，
比任何人都破壞十戒的你。

比任何人都熱愛民眾的你，
比任何人都輕蔑民眾的你。

比任何人都追求理想的你，
比任何人都清楚現實的你。

你是我們東洋誕生的，
散發著花草芬芳的電氣火車。

三十四　色彩

三十歲時的他，不知何時起喜歡上一塊空地。那裡只有幾塊長著青苔的破磚頭和破瓦片。不過，在他的眼裡，這與塞尚的風景畫沒兩樣。

他忽然想起七、八年前自己滿腔的熱情。同時他也發現七、八年前的自己根本不懂色彩。

三十五　滑稽人偶

他曾經打算過著至死不悔的波濤萬丈的生活。可是，他卻一直跟養父母和姨母過著低調的生活。那造成他生活的明暗兩面。他看見西服店擺著滑稽人偶，不禁想到自己跟滑稽人偶到底有多麼相似。然而，意識之外的他自己——也就是第二個他自己，早就把這種心態淋漓盡致地寫在某篇短篇小說。

三十六　倦怠

他和某個大學生走在芒草原之中。

「你們對生活還抱著旺盛的欲望吧？」

「是啊——您不也是……」

「我已經不抱任何欲望。現在只有創作欲而已。」

那是他的真心話。實際上，他不知從何時開始，已經對生活失去興趣了。

「創作欲也是生活欲吧！」

他沒有回答。從芒草原的紅色穗尖，不覺間已經清晰地看見火山。他對這座火山有種近乎羨慕之情。可他連他自己都不知道為什麼……

三十七　越人[3]

他遇到一個才華足以跟他分庭抗禮的女子。當他寫出《越人》等抒情詩後，才稍微脫離這種危機。這種苦悶的心情就像將凍結在樹幹的閃亮雪塊剝落下來。

在風中飛舞的草帽
不會掉落路上
應該如何珍惜自己的名聲
珍惜的是妳的名聲。

3越人，原文「越し人」很難理解其意。這詞彙有兩種含意，一為「超越某地方或某狀況的人」，二為「超越水準的人」。依據文章內容，譯者認為此處涵蓋兩者之意，不過推測以後者的含意更強烈些。

三十八　復仇

那是掩映在萌芽樹木間的某家飯店陽臺。他在那裡作畫，讓一個少年在一旁玩耍。那是七年前分手的那個瘋子的女兒的獨生子。

瘋子的女兒點了一根香菸，望著他們在玩耍。他心情鬱悶地畫著火車、飛機，心中暗忖還好這少年不是他的孩子。可是當他被稱為「叔叔」時，卻比什麼都痛苦。

當少年不知跑到哪裡去後，瘋子的女兒一邊吸著香菸，一邊諂媚地找他說話。

「那孩子像不像你？」

「不像。因為……」

「不是有所謂的胎教嗎？」

他默不吭聲地把視線轉向別處。不過，他心底卻起了一個恨不得勒死這女人的殘酷的欲望……

三十九　鏡子

他在某家咖啡廳的角落和朋友們聊天。他的朋友邊吃著烤蘋果，邊聊起最近天氣變冷的話題。他忽然從這些談話中發現矛盾。

「你還是單身嗎？」

「不是，下個月就要結婚。」

他不由得沉默下來。鑲嵌在咖啡廳牆上的鏡子映出無數個他自己的影像。冷颼颼地，好似受到什麼威脅的感覺……

四十　問答

你為什麼攻擊現代的社會制度呢？

因為我看到資本主義所產生的罪惡。

罪惡？我不認為你能分辨善惡的區別。那麼，你的生活呢？

——他和天使如此問答。和那個無愧於任何人、頭戴著絲質禮帽的天使……

四十一　病

他受失眠症所困擾。不僅如此，體力也開始衰退。幾個醫生對他的病做出二、三種診斷。——胃酸過多、胃下垂、乾性肋膜炎、神經衰弱、慢性結膜炎、腦疲勞……

其實，他很清楚他自己的病因。那是他對自己感到羞恥，還有對他們的恐懼。他們——他所輕蔑的社會。

在某一個陰霾的雪天午後，他坐在某咖啡廳的角落叼著香菸，傾聽從對面留聲機流瀉出來的音樂。那音樂奇妙地流過他的心。等到音樂結束後，他走到留聲機前，查看唱片的標籤。

Magic Flute ——Mozart[4]

他突然頓悟了，破十戒的莫扎特肯定很痛苦。不過，總不至於像他一樣……他低著頭，悄悄地返回他的桌子。

四十二　眾神的笑聲

三十五歲的他，在春日的松林中漫步。他想起兩、三年前曾經寫下的那句「眾神很不幸，無法像我們可以自殺。」

四十三　夜

夜晚再度逼近。狂暴的海洋在微光中不停地濺起水花。他在這樣的天空下和妻子第二次結婚。這令他們感到歡愉，同時也感到痛苦。三個孩子同他們一起眺望浪邊的閃電。他的妻子抱著一個孩子，似乎強忍住眼淚。

「那邊有一條船。」

「是呀！」

「那是一條桅杆已折斷的船。」

4 莫札特所作最後一部歌劇《魔笛》。

四十四　死

他想趁著獨自睡覺時，在格子窗上以帶子自縊。可是當脖子伸入帶子圈時，他突然對死亡感到恐懼。他不是害怕死亡剎那的痛苦。他再次拿起懷錶，想計算上吊死亡的時間。感到微微痛苦後，他的意識開始感到模糊。只要度過這個過程的話，肯定就會死了。他看一下錶，發現痛苦感總計一分二十幾秒。格子窗外面一片漆黑。但是，就在這漆黑當中，傳來一聲高亢的雞啼聲。

四十五　Divan[5]

Divan再次帶給他心靈一股新力量。那是他所不知道的「東方式的歌德」。他看到悠然站在一切善惡彼岸的歌德時，感到一種近乎絕望的羨慕。在他眼中，詩人歌德比詩人克里斯托更偉大。這位詩人的心中盛開著衛城、各各他，甚至綻放阿拉伯的薔薇花。假如能夠具有回溯詩人足跡的力量——當他讀完Divan，在震憾可怕的感動平靜後，不由得對生長在宦官家庭的自己感到輕蔑。

四十六　謊言

他突然被姐夫的自殺擊垮。今後他不得不照顧姐姐一家。對他而言，他的未來至少有如日薄西山般暗淡。雖然他對自己的精神破產近乎冷笑著（他完全清楚自己的敗德和弱點），卻依舊閱讀各式各樣的書籍。但是，連盧梭的《懺悔錄》亦充滿英雄式的謊言。尤其是〈新生〉——他不曾遇到比〈新生〉主人公那般老奸巨猾的偽善者。只有弗朗索瓦・維庸[6]的作品滲透他的心。他在若干詩篇中發現「美麗的雄性」。

他還夢見等待處決絞刑的維庸。他曾經好幾次像維庸一樣墜入人生的谷底。可是，他的境遇和肉體的能量並不允許他如此做。如今他已漸漸衰弱。正如當年史威夫特所看過的那棵已從樹梢開始枯萎的樹木般……

5 為歌德著名之《西東詩集》，受阿拉伯詩人之影響而創作。

6 弗朗索瓦・維庸（Francois Villon），法國抒情詩人，一生過者謀殺、竊盜的生活，最後下落不明。

四十七　玩火

紅光映在她的臉龐，好似早晨陽光照射在薄冰上。他對這女子抱著好感。但是，感覺並不是戀愛。而且他連她的一根手指頭也不曾碰過。

「你說你好想死啊！」

「是啊——不，與其說想死，不如說是活得很厭倦。」

他們如此問答後，相約一起去死。

「柏拉圖式自殺吧！」

「雙人柏拉圖式自殺。」

他不由得為自己的沉著感到不可思議。

四十八　死

他和她沒有去死。對於至今連她的一根手指頭仍未碰觸一事，感到很滿意。她常常若無其事地找他談天。不僅如此，她還遞給他一瓶氫化鉀，說道：「只要有這東西的話，彼此都會變得更有力吧！」

實際上，那無疑讓他的心更堅定。他獨自坐在籐椅，眺望錐栗樹的嫩葉，不由得一次又一次思索死亡帶給他的平靜。

四十九　製成標本的白天鵝

他打算傾盡最後的力量，準備書寫他的自傳。對他而言，卻是出乎意料地不容易完成。因為他身上還殘留著自尊、懷疑主義和利害得失的算計。他不得不輕蔑如此的自己。然而，另一方面，他又不得不想到「無論是誰剝去那一層皮，全部都是一樣」。他想過所有自傳的名稱，這本名為《詩與真實》讓他思索最久。不僅如此，他清楚明白文藝作品未必可以觸動所有的人。除非跟他的生涯有同樣遭遇的人，否則應該無法理解他作品中的訴求。——這樣的看法讓他有所覺悟。因此，他決心簡潔地寫出他的《詩與真實》。

當他完成《某傻子的一生》後，偶然在一間舊貨店發現一隻製成標本的白天鵝。儘管天鵝昂首站立，可是連發黃的羽毛都已遭蟲蛀。他回想起自己的這一生，淚水和冷笑不禁湧上心頭。他的眼前，只有發瘋或自殺兩個選擇。他獨自走在暮色茫茫的道路上，決心慢慢等待即將來毀滅他的命運。

五十　俘虜

他的一個朋友發瘋了。他對這個朋友一直有股親近感。因為他了解朋友的孤獨——在輕鬆愉快的假面下，比別人加倍的孤獨。當朋友發瘋後，他曾經去探望過兩、三次。

「你和我都被惡魔附身了，那些世紀末的惡魔啊！」

朋友壓低聲音，悄悄地對他說道。但兩、三天後，聽聞朋友前往某溫泉旅館的途中，甚至連薔薇都給吃下去了。他在朋友住院後，想起不知何時，他曾送給朋友的一尊陶制半身像。那是朋友所喜愛的《檢查官》一書的作者半身像。他想起果戈里[7]也是發瘋而死，不由得感覺到有一股什麼力量在掌控著他們啊！

他已是精疲力竭，忽然讀到拉迪蓋[8]的臨終遺言，使他感覺自己再度聽到眾神的笑聲。就是那句「神派兵卒要來抓我」的臨終遺言。他打算跟自己的迷信及感傷主義戰鬥。可是，無論以什麼形式戰鬥，他的肉體都已無能為力。實際上，他肯定正受「世紀末的惡魔」的折磨。他非常羨慕中世紀那些相信神會賜給自己力量的人們。可是，相信神——相信神的愛，對他終究是一件辦不到的事。即使連考克多[9]都相信的神啊！

五十一　敗北

他執筆的手也開始顫抖。口水亦不由自主地流出來。他的腦子除了服用〇・八的吡克酸才能清醒外，其他時間都迷糊不清。縱使如此，清醒的時間也只有半小時至一小時。他僅是在一片陰暗中過日子。換句話，只是以所謂的鈍刃細劍充當手杖罷了。

7果戈里（Nikolai Vasilievich Gogol-Yanovski），俄羅斯作家，為俄國現實主義文學奠定人之一。
8拉迪蓋（Raymond Radiguet），法國作家，年僅十五歲便創作出作品《魔鬼附身》而一舉成名。
9考克多（Jean Maurice Eugène Clément Cocteau），擁有多重身分，法國詩人、小說家、劇作家、電影導演。

羅生門

人性本相的地獄書寫，芥川龍之介經典小說集

作　　者　芥川龍之介
譯　　者　林皎碧
主　　編　林玟萱

總 編 輯　李映慧
執 行 長　陳旭華（steve@bookrep.com.tw）

出　　版　大牌出版 / 遠足文化事業股份有限公司
發　　行　遠足文化事業股份有限公司（讀書共和國出版集團）
地　　址　23141 新北市新店區民權路 108-2 號 9 樓
電　　話　+886-2-2218-1417
郵撥帳號　19504465 遠足文化事業股份有限公司

封面設計　許晉維
印　　刷　成陽印刷股份有限公司
法律顧問　華洋法律事務所 蘇文生律師

定　　價　380 元
初　　版　2016 年 01 月
二　　版　2021 年 08 月

電子書 E-ISBN
9789860741445（EPUB）
9789860741421（PDF）

國家圖書館出版品預行編目資料

羅生門：人性本相的地獄書寫，芥川龍之介經典小說集 / 芥川龍之介著；林皎碧譯 . --
二版 . -- 新北市：大牌出版：遠足文化發行，2021.08
310 面； 14.8×21 公分

ISBN 978-986-0741-38-4 (平裝)

861.57　　110011533